エロイ、エロイ、ラマ、サバクタニ

大鐘稔彦

鳥影社

昼の十二時に、地の上普く暗くなりて、三時に及ぶ。イエス大声に「エロイ、エロイ、ラマ、サバクタニ」と呼ばわり給ふ。わが神、わが神、なんぞ我を見棄て給ひし、との意なり。（新約聖書マルコ伝第十五章）

（一）

ソファにかけて夕刊を読んでいた夫が不意に立ち上がって居間を出るのを、夕食の後片付けをしていた水江《みずえ》はそれとなく流し見やった。

夫の徹太郎は中学の英語教師をしていたが、今春定年退職をした。三十年以上公立の学校に勤めたから、退職金は相当あったと思われる。幾らあったと定かな数字は聞いていない。夫より五歳年下の水江はまだ現職の教師で、中学で家庭科を教えている。

二人は三十年前に勤めを同じくする学校で知り合って結婚した。子供はいない。いや、正確には一人いて一人は生まれてくるはずだったが、先の子は不慮の事故で幼い命を散らし、後の子は呱呱《ここ》の声をあげることなく水江の胎から流れ出してしまった。

ここ五年、夫婦の間に夜の営みはない。

二階の書斎に上がった徹太郎は、手に携えて来た新聞を机に広げ、〝芸能欄〟の記事に鋏《はさみ》を入れた。

「来日中のロシアの歌姫に聞く」の見出しと共に、オペラ歌手タチアーナ・ドリンスカヤの写真が大きく載っている。

切り取った記事と写真に、徹太郎はスタンドの下で改めて見入った。

ドリンスカヤの経歴が載っている。

「一九九七年、ロシア国立音楽大学モスクワ音楽院卒業。

二〇〇〇年、同大学院終了。二十八歳。

白磁を思わせる抜けるように白い肌に金髪が映える。独身」

徹太郎は手にしたボールペンで「タチアーナ・ドリンスカヤ」と二十八歳以下独身までの件《くだり》に赤の傍線を強く引いた。

（二）

十日後の土曜の午後、佐川徹太郎は上野公園内の美術館を二つ見て回ってから、園内のレストランでゆっくり食事を摂り、その後、文化会館の大ホールに足を向けた。開演までにはまだ三十分あるが、老若男女相半ばした人々が三々五々急ぎ足でホールへの階段を上がっていく。

佐川は一階の掲示板の前に佇《たたず》んだ。「タチアーナ・ドリンスカヤのすべて」と大きく銘打たれたポスターに目を奪われていた。新聞ではモノクロだったが、ポスターにはタチアーナの上半身がカラーで映っている。

(正に造化の神の傑作だ!)

呟《つぶや》いた佐川の脳裡《のうり》に、もう一つの忌まわしいイメージが浮かび来《きた》った。昨日の夕刊で見た古代原人のスケッチ画だ。アフリカのどこかで、過去の考古学の定説を覆す、最古とみなされる原人の骨が見つかった云々の記事で、ネアンデルタール人や北京原人のモデル絵と共に、その原人の想像画が描かれていた。

(この白磁の肌と神秘的なまでに澄み切った瞳の持主が、原人の進化の産物だって?馬鹿な!)

吐き捨てるように毒づくと、佐川はおもむろに鞄からデジカメを取り出し、ポスターに向けた。

日本フィルハーモニー管弦楽団をバックに、タチアーナ・ドリンスカヤはピンクのドレスに身を包み、楚楚《そそ》として舞台の中央に立った。

刹那、佐川の耳は周囲のさざめきを鋭敏に捉えた。辺りを払うプリマドンナの美しさへの詠嘆で、その多くは女性の観客から発せられたものだったが、それに和して大声で共感共鳴の賛辞を放ちたい衝動を、佐川は必死にこらえた。抑制の余り、「ウッ！」という呻《うめ》きが口から洩れ出た。

コンサートは二部構成で、第一部は「オペラ・アリア」と銘打たれ、マスカーニやプッチーニの歌曲が五つ六つ歌われた。最後はプッチーニの「トゥーランドット」から「氷のような姫君の心も」を、タチアーナは半ばそのつぶらな瞳を虚空に据え、半ば、深い眼窩《がんか》の奥で瞼を閉じ、しなやかな両手を組み合わせて祈るように歌い上げた。

二十分の休憩を挟んだ第二部でタチアーナはカンツォーネを響かせた。「忘れな草」「帰れソレントへ」「オー・ソレ・ミオ」は佐川の胸にほろ苦い郷愁を呼び起こした。

音楽の担当教師福本美鈴《みすず》の、やや厚目で肉感的な唇の間からそれらの歌が朗朗と流れ出た中学二年の秋の日の追憶と共に。

佐川はT生命保険会社の社員であった父の転勤に伴ってその年の春に熊本から名古屋に移って来た。

音楽は、子供の頃から歌うことも聴くことも好きだったが、熊本の中学での音楽の授業には失望した。担任は中山というひょろ長い中年の男性で、本人はひどく嫌がっていたようだが、〝キリン〟と渾名《あだな》をつけられていた。いつもきっちりネクタイをつけてくるが、その結び目から顎までが異様に距離がある、つまり首が目立って長いことが渾名の由来だった。喉仏もひどく飛び出していた。

ところが、生徒らには繰り返し歌わすものの、〝キリン〟が自ら模範を示して歌って聴かせることは一度たりとなかった。最初に一、二章節を口ずさむ程度で、オルガンもろくすっぽ弾かず、専らタクトを振るだけだった。〝口ずさむ程度〟の歌声も、音楽教師にあるまじき極く普通の平凡な声で、こんな調子でまかり通るなら中学の音楽の教師などちょろいもの、誰でもやれると思わせた。

音楽の筆記試験で、佐川は悪くても八十五点は取った。実技試験は自分の好きな歌を一曲、一番だけ歌うことが課された。

一年は三学期あったから、三曲歌ったはずだが、三学期に選んだ「ローレライ」しか覚えていない。曲の終わりの「入り日に山々、赤く映ゆる」の章節は五線譜の上に音符が並ぶ高音だが、まだ声変わり前だった佐川は朗朗と澄み切った声で歌いこなし、女子生徒の瞳を輝かせた。

　だが、中山の総じての評価は5段階の「4」だった。クラスメートは五十名で一割が「5」である。つまり五人だが、筆記、実技の総合点で自分に勝っているものが五人もいるとは断じて思われなかったから、佐川は中山を憎んだ。

　事実、名古屋に転じて担任が福本美鈴に代わってから、音楽の評価は「5」となった。福本美鈴は口ばかりでなく、目も鼻も丸かった。前者は大きく、後者はこぢんまりと品良く、これも丸顔の中央におさまっていた。体つきもまろやかで、冬はセーターを突き上げている胸もとの膨らみが眩《まぶ》しかった。

　中山の笑顔を見たことはなかったから、福本美鈴の黙っていてもにこやかな笑顔には忽ち惹きつけられた。控え目な、それにしても鮮やかなルージュの入った唇が開いて伸びやかなソプラノの声が教室いっぱいに響き渡った時、これでこそ音楽の教師だと少年徹太郎は胸の裡《うち》に嘆声を放った。

　クラスメートに好意を寄せる女生徒はいたが、福本への思慕がいや勝って、少女に接近することはなかった。自分を見る福本の明眸《めいぼう》に、他の生徒へのそれよりもより豊かに優しい光がたたえられているように思った。

だが、ある日、机を並べていた恩田の一言に佐川は冷水をあびせられた。

「福本の本当の巫子《みこ》を教えてやろうか。中島だよ」

恩田と中島も仲が良い。聞けば一年の時も同じクラスで、音楽の担任はやはり福本だった由。〝巫子〟とはえこひいきのことだ。それなら自分こそ福本の〝巫子〟であるとの自負があったから、佐川は耳を疑った。

中島は良くできたが眉目秀麗と言うにはおよそ程遠く、顔の造作にも目立ったものがない見るからに地味な生徒だった。

勉強では鎬《しのぎ》を削っていたが、格別にライバル意識をかきたてられることがなかったのも中島のその地味さ故であった。生命保険会社の社宅である佐川の家からさほど隔っていない所に中島の家があったから、いつしか登下校を共にするようになり、やがて佐川の通うキリスト教の日曜学校にも中島はついて来た。

（まさか！　そんなはずはないっ！）

佐川は（ウッ！）と声にならない呻きをくぐもらせながら、胸の裡では即座に恩田の耳打ちを否定していた。

音楽の授業中福本が格別中島に目をかけている様子はなかった。福本は自らこよなく音楽を楽しみ、惜しみなく美声を震わせ、有無を言わさずそのパフォーマンスに生徒らを引き込んで行った。その目がとりわけて中島に注がれたことはなかった、むしろ、自分を見てくれたことこそ多かったはずだ。

期末テストも充分出来た。精々一問間違えたくらいだから九十五点は固い、これで福本の覚えめでたき生徒であり続けられるだろう——自分に注がれる福本美鈴の明眸を想像して佐川はほくそ笑んだ。

三日間続いたテストが終わって数日後の昼休み、佐川は中島と恩田とかたらって運動場へ出ようと教室を出た。

階段の踊り場にさしかかったところで、目の前がパッと明るくなった。

ひまわりのような福本美鈴の笑顔が階段の下からこちらを見上げていた。

佐川は顔を綻ばせ、彼女の明眸に応えようとした。が、福本の視線とかち合うことはなかった。

「中島くーん」

信じ難い言葉が耳を衝いた。隣で中島が足を止め、目をパチクリさせた。佐川と恩田の足も止まった。佐川は懸命に福本美鈴の目を追った。だが、その目はあらぬ方、他ならぬ、中島をひたと見すえていた。

「今度も満点だと期待してたのに、一つ間違えちゃったわねえ」

階段をゆっくり上がりながら、福本美鈴はその愛らしい口もとから白い歯をのぞかせてこう続けた。

「あ……はい……」

中島は戸惑ったように口ごもった。

ポンと佐川は尻を叩かれた。

「だろう？」

恩田がニヤッと一瞥をくれ、佐川の尻から背へと移した手に力をこめた。棒立ちの姿勢を崩され、佐川はよろめくように階段を降りた。

福本美鈴のふくよかな笑顔が目の前に迫った。屈辱感に心萎えながら、いちるの望みを抱いてなおもひしとその目を捉えようとしたが、福本美鈴は遂に佐川を一顧だにすることなく、その目はひたすら中島に注がれ続けた。

第二部をタチアーナ・ドリンスカヤは「カタリ・カタリ」で締めくくった。佐川は半世紀近くも前の福本美鈴の心ない仕草を思い出して胸苦しさを覚えた。二十歳の頃読んだツルゲーネフの『初恋』も思い出していた。気のある振りを見せて少年の恋情をかきたてながら、その実少年の父親と通じていたヒロインのことを。

カーテンコールに何度か舞台と袖口を行き来した後、タチアーナ・ドリンスカヤは、アンコールに応えて「ステンカ・ラージン」を歌った。

佐川は戦慄を覚えた。まさかの曲だったが、最も聴きたい曲でもあったからである。その昔、中学か高校の音楽の教科書に載っていた。ドン・コサックの族長ステンカ・ラージンがペルシャの姫君の色香に惑わされているとの噂が立った――と言った内容の歌詞に少年徹太郎の胸は切なくときめいた。〝ペルシャの姫〟なる女性への憧憬に心ふるえた。

後年、「アラビアのロレンス」を見た時、族長を演じたオマー・シャリフがステンカ・ラージンと重なった。一方、〝ペルシャの姫〟の容姿は漠然として捉えどころがなかった。〝ステンカ・ラージン〟はひょっとして、中学の時、福本美鈴が高らかに歌い上げたかもしれなかったが、ひまわりのような華やかな彼女の容貌と〝ペルシャの姫君〟の、ややかげった――に相違ない――面立ちとは結びつかなかった。

しかし、今目の前で歌っているタチアーナ・ドリンスカヤに、漠然としていた東欧の気高い女性のイメージが重なった。完全ではない。何故なら、〝ペルシャの姫君〟は恐らく黒髪で、肌も褐色であったろうが、タチアーナの髪は金髪が勝って、肌は抜けるように白かったからだ。

（三）

「それ、どうしたの？」

背後から投げられた声に、徹太郎は不意を突かれた格好で慌ててオペラグラスを顔から外した。

一時間前に帰宅し、一風呂浴びて浴衣姿で二階のベランダに出て来たところだ。

妻は一階の和室に起居している。自分の後に風呂に入ったようだが、そのまま寝たものと思い込んでいた。

「それって、オペラグラスじゃない？」

徹太郎が引っ込めたものを水江はパジャマの袖から手を出して指さした。

「ああ……」

「見せて」

水江は有無を言わさぬとばかりオペラグラスに手をかけた。徹太郎は黙って手渡した。

「今夜、行って来たのね？」

徹太郎が先刻までそうしていたように、水江はオペラグラスで夜空を見やりながら問いかけた。

「ああ……」

徹太郎は半歩後ずさりながら答えた。

「どなたと？」

一呼吸つく間もなく詰問が続いた。

「ひとりだよ」

徹太郎は素っ気なく返した。

「嘘おっしゃい。女の人と一緒でしょ？」

今度は二呼吸ほど間はあったが、やはり詰問調だ。

「嘘じゃない。本当だよ」

ベランダでの会話は近所に聞こえかねない。妻の無神経さに苛立って怒鳴り返したい衝動を覚えたが、徹太郎は自制して声を押し殺した。

「そーお？　なら、いいけど……」

素直に認めたようで、水江の口吻《こうふん》には皮肉がこめられている。それを不快に感じながら、徹太郎は背後から手を伸ばしてオペラグラスを奪い返そうとした。

水江は抗《あらが》った。

「大して大きく見えないわね。これで、何を見てらしたの？　お星様？　それともお月様？」

「どちらでもない」

やはり押し殺した声でぶっきらぼうに返すと、徹太郎は強引にオペラグラスを水江から奪い取った。

「だったら何？　まさかよそ様の家じゃ？」

水江が執拗に絡んでくるのを無視して徹太郎はベランダの手摺りに寄り、オペラグラスを再び目にあてがって夜空に向けた。

「他人の家でも、星でもお月様でもないなら、何を見てるのよ?」

自分も手摺りに身をもたせて水江は二の句を継いだ。

「見てるんじゃない。探してる」

「何を?」

「神」

「かみ? かみほとけの神?」

「ああ」

「変な人。そんなの、見つかるはずがないじゃないの」

「そうだな」

「それに、あなた、真知子が死んだ時、僕はもう金輪際神は信じない、て仰《おっしゃ》ったじゃない」

「ふん……」

「また、神様が恋しくなったの?」

「しかしな、科学者連中が言うようにビッグバンで宇宙が生まれたとも思えない。地球のような生命体は皆無で、宇宙には岩が転がっているだけ、というならまだしもね」

「結局、分からない、てことでしょ？　分からないことは深く考えない方がいいのよ。切りがないんだから」

水江は素っ気なく言い放った。

徹太郎はやっとオペラグラスを目から離し、妻に向き直った。

「そうもいかん」

「えっ……？」

水江は怪訝《けげん》な目で夫を見返した。

「俺はあれ以来神は信じられなくなったが、だからと言って神がこの世にいないとは言い切れない」

「それは、そうだけど……」

「神は単なる造物主で、個々の人間の人生や感情などに関わることはないのかもしれん」

「神様に私情は無い、てことね？」

「多分……」

「でも、聖書を読むと、神様は人間のように怒ったり、嘆いたり、喜んだりしているけど……」

「聖書も所詮は人の手に成ったものだ。作者が勝手に憶測、想像をめぐらして書いたんだよ。虚実織り交ぜてね」

「鰯《いわし》の頭も信心から、て昔の人が言った通りじゃないかしら」

「うん？」

「結局は、信じるか信じないか、どちらかなのよね」

「フム……」

「もう寝るわ。あなたは幾らでも時間があるんだから、ゆっくりお考えになって……」

水江は踵《きびす》を返してベランダから書斎に身を移した。

「あ、水江」

徹太郎は後を追いながら呼びかけた。水江が書斎のドアの前で足を止めて振り返った。

「少し、旅に出る」

「旅――？　どこへ？」

「さし当たっては名古屋だが……」

「名古屋？　あなたの郷里ね？」

「中学時代の親友だった中島という男が、胃癌の末期で死線をさ迷っている」

「じゃ、お見舞いに？」

「うん」

「名古屋ならトンボ返り出来るんじゃない？　旅、なんて、大袈裟な……」

「いや、他にも幾つか行きたい所がある」

「たとえば？」

「インド、イスラエル、そして、ロシア……」

水江の目がすわった。

（四）

二日後、大きなスーツケースを引いて、佐川徹太郎は愛知がんセンターの一階のロビーからエレベーターに乗り込んだ。

三階の外科病棟のナースステーションで中島秋男の病室を尋ねると、応対に出たナースが顔をしかめた。

「中島さんは、ご本人の希望で面会謝絶になっているんですが……」

「中学時代の親友です」

佐川は一瞬口ごもってから言い放った。

「奥さんから、本人が私に会いたがってる旨の手紙を貰ってます」

佐川は背広の内ポケットから封書を取り出してナースの目の前に突き出した。

「ちょっと、貸して下さい」

ナースは封書を奪い取るように手にすると、どうするとも言わずナースステーションから廊下に走り出た。

手持ち無沙汰にはならなかった。ナースはすぐに病室から出て来た。背後に五十がらみの女がついて来た。

(見覚えはあるが……)

佐川は胸に独白を落とした。

(それにしても老けたな。胸も萎《しぼ》んでしまっている)

二十年前、名古屋で中学の同窓会が開かれた折、佐川は中島の家に泊めてもらい、そこで「ワイフの時子《ときこ》だ」と彼女を紹介された。

パーマがかかった髪が肩先まで伸び、その豊かな黒髪に縁取られた顔は形の良いやや面長な輪郭を描き、小作りの造作と相俟《あいま》って一瞥アッと息を呑む美貌を形作っていた。弾力のありそうな乳房がブラウスの胸もとを突き上げていた。総じて、才色兼備の女性と思わせ、佐川は中島に幾許《いくばく》かの嫉妬を覚えた。遠い日に食らった福本美鈴の容赦無き仕打ちがほろ苦く思い出された。

「しかし、子供がなかなか出来なくってね。頑張ってるんだが……」

妻を観察している男の目を自分に引き戻そうとでもするように中島は言った。一瞬、〝がんばっている〟カップルの姿態が目に浮かんで、佐川はブルンと頭を一振りし、その忌まわしい幻影を払い落とそうとした。

「子供なんて、無い方がいいかもしれん」

二人は、呆気《あっけ》に取られたように佐川を見すえた。中島はさておき、時子の方は「聞き捨てならぬ」とばかり目を尖らせた。

「どうして、ですか？」

黙ってはおれぬとばかり、ややあって時子は声を震わせて言った。

「佐川さんは、お子さん、おありでしょ？」

「おりません」

「えっ……!?」

時子が怪訝な目をそのまま夫に向けた。夫に真偽を確かめるように。

中島は「うん？」と言うように首をかしげ、やはり訝《いぶか》った目を佐川に向けた。

「一人いたんだが……五歳の時、車にはねられて死んでしまった」

「ええっ!?」

今度は中島の口から一驚の声が洩れ出た。

時子は目の遣り場に困ったという顔で目を瞬いた。

「それは、知らなかった」

中島が言葉を足した。

「すみません」

時子がかすかに頭を下げた。

「お辛いことを思い出させてしまいましたわね」

中島が相槌《あいづち》を打った。

「親が先にあの世へ旅立つのが道理ですからね」

佐川はクールに言った。

「子供に先立たれ、その辛い思いを負って生きるくらいなら、子供など最初からいない方がよかったと思うんですよ」

不覚にも佐川は涙ぐんだ。

子供の話題はそこで終わりになった。


すっかり色香の褪《あ》せた中島時子をその人と認識するまでに十秒ほどかかった。

さすがに白髪は染めているのだろう、かつて記憶にとどめたウエーブのかかった黒髪は茶褐色に変わり、しかもストレートに肩先に落ちている。妻の水江よりも容色の衰えは激しい、と思った。と同時に、佐川の胸に影を落としていた中島への羨望と嫉妬が消えた。

ノルマを終えたマラソンのペースメーカーのようにナースがすっと脇にそれて、無言のまま、佐川が先刻預けた封書を佐川に返し、やり過ごした。入れ代わるように中島時子が目の前に立っていた。

「お遠いところをすみません」

会釈した佐川の顔を繁繁《しげしげ》と探り見てから時子は礼を返して言った。

「お元気そうですね、佐川さんは。髪も黒々として。染めていらっしゃるんですか？」

時子の目が自分の額の生え際あたりに移ったのを佐川は感じた。

「いえ……自毛です。よくご覧になったら、結構白髪はありますよ」

「でも……パッと見、白髪などまるで無いように見えますわ。主人は、半分以上白髪でしたけど、それでもまだしっかりあったのが、抗癌剤で嘘のように抜けてしまって……もう限界だからと止めてからはボツボツ生えてきていますが、それでも人様には見られたくないと言って、帽子を被ったままです。お気を悪くなさらないで下さいね」

「いや、そんなことは全然。それで〝面会謝絶〟の札を……？」

「それもありますけど、痩せ細ってしまいましたし、気分的にも大分落ち込んでいます。会社の人にはもう会いたくないと言うものですから」

じゃ、会いたい人は誰もいないのかと尋ねると、しばらく考えていて、「佐川君に会いたい」と呟いた由、時子からの手紙には書かれてあった。そんな次第ですから、無理にとは申しませんが、おついでがありましたらお立ち寄り頂きたく云々――と手紙は続いていた。

ついではあった。だから、半々の気持を振り切って「××日に伺います」と返事を認めた。

「抗癌剤も打ち切ったということは、後はもう自然の成り行きで……？」

「ええ。肝臓と肺にも転移してますから、焼け石に水でしょうけれど、癌に効くと言われるサプリメントを色々試しています」

「食事は、摂れてるんですか？」

「いいえ、もうほとんど……点滴で最低必要限度のカロリーを補っています」

「話は、できるんですね？」

「はい……でも、往生際が悪いと言いますか……愚痴が多くて、聴いている方は疲れます。体は弱り衰えているのに、頭の方は冴えていて……それも困りものですね」

「彼は、病気のことは、転移も含めてすべて知っている、とお手紙にありましたが……」

「ええ、ですから、何もお気を遣わないで下さい。私は、ご案内したら、席を外させてもらいますから。一日中付きっきりでいますとね、こちらも気が滅入ってしまって、死にたくなってしまうんです。子供でもいてくれたら、まだ気が紛れるでしょうにね」

佐川は無言で相槌を打ったが、自分にも子供がいないことをこの女は失念しているようだ、と胸の裡で独白を漏らした。

「あ……じゃ、どうぞ」

佐川の行く手を阻むような棒立ちの姿勢を崩すと、中島時子は半身《はんみ》の姿勢から回れ右をして歩き出した。

「佐川君はまだかまだかと、一時間も前からしきりに言ってましたから、お顔を見たら喜ぶと思います」

言い切って時子は一歩前に踏み出し、その間隔を保ったまま佐川を病室に導いた。

「あなた、佐川さんが来て下さったわよ」

やはり先立ったままドアを開いて一歩中に踏み入ったところで、時子は立ち止まって奥に声を放った。

中島秋男はギャッジベッドを三〇度ほど上げた状態で横たわっていたが、妻の声に顔だけ傾けた。

「しばらく」

ベッドに寄って佐川は言った。

「本当に」

中島は相好を崩したが、乾いた口の周りに深い皺ができた。刹那、十歳も老け込んだように見えた。

薄茶色の病衣の袂《たもと》がだぶついて、そこから薄い皮一枚がじかに骨に貼りついたような痩せ細った腕が差し出された。

佐川はその先の、弾力性を失ってしなびた静脈が、これまた脂肪がないためむき出しになった腱《けん》の間に貼りついている手を自分の両の手に包み込んだ。

「佐川さん、どうぞ」

と時子は、今まで自分がかけていた椅子を佐川の傍らへ寄せた。

「ああ、どうも……」

佐川は促されるまま腰を落とした。

時子はポットを傾けて急須に湯を注ぎ、客用の茶器に茶を入れて佐川にさし出すと、

「どうぞごゆっくりなさって下さい。私、ちょっと、売店へ行ってきますので」

と言ってそそくさと部屋から出て行った。

「よく、来てくれた」

佐川が時子を見送った目を戻したところで中島は口を開いた。弱々しい上にかすれた声だ。

「東京から、だよね？」

「ああ……」

落ち窪《くぼ》んだ眼窩の奥で、憂いを含んだ目が小刻みに動いた。

「君は、達者で、何よりだ」

中島はひと渡り佐川の上半身をねめ回してから、乾いた唇を舌先でひとなめして言った。

「僕は、ご覧の通り、とんだ病気にとりつかれちまったよ。親父も胃癌だったから、遺伝だな。宿命って奴だ」

一気に言ったところで、中島は咳込んだ。

「肺にも転移してますから……」

先刻の時子の言葉を佐川は思い出した。

「大丈夫か？」

放っておけばそのままあばら骨がバラバラになりそうな激しい咳込みを見かねて、佐川は中腰になり、前後に揺れているその背に手を回した。

「ありがとう、すまん」

背骨と肋骨の浮き出した背を上下に十回ほどさすったところで、ようやく発作がおさまり、か細い声が絞り出された。

「自分で自分の体を御し得ん。情け無いよ」

咳込んでも中島の顔は赤くならない。まるで血の気が失せたようだ。

(癌の末期とはかくなるものか)

佐川は改めてその灰色にくすんだ顔に見入った。

「肉体はもう限界、ギリギリ持ちこたえているが……」

佐川の目に促されるように中島は続けた。

「精神というか、魂というか、そっちはやけに冴えていきり立っている」

「ほう……」

「俺にこんな癌のＤＮＡを残した親父め、てね。いや、そもそも癌なんてものを創ったのはどこのどいつだ、てね」

「神、ではないだろう、な」

「いや、神かもしれん」

「うん……？」

「君と一緒に教会へ通ってた頃は純粋に信じてたが、高校の生物でダーウィンの進化論が出て来た途端、神を信じられなくなった。俺が癌になったのは、神に背を向けたその報いかも知れん」

「報復する神かい？　パンセに出てくるが」

「パンセ？」

「読んだことないかい？」

「聞いたことはあるが……」

「人間は考える葦である——」

「ああ、パスカル……!?」

「うん。その『パンセ』の中にこういう文句がある。キリストを裏切ったユダヤ人は必ずや報いを受ける——ヒトラーの出現を予言したとされている」

「パスカルは、確かフランス人だよね？」

「ああ」

「勿論、ヒトラーより先に生まれてるよね？」

「少なくとも二百年は先のはずだよ」

「そうか……やっぱり神は存在するのかな？」

中島はかげりの深まった目を佐川に凝らした。

「僕は君のように進化論で躓《つまず》きはしなかった。何故って、猿が進化して人間になったなんて、到底信じられなかったからね。この数千年、人間に進化した猿なんて一匹たりと発見されていないし……高校一年の時、生徒会で知り合った美少女に恋焦がれたが、彼女のような美しい女性の祖先が猿だなんて、それこそ有り得ないことだった。彼女のお陰で僕は進化論の毒牙にひっかからずに済んだ」

「その美少女が、今の奥さんかい？」

「いや、残念ながら……彼女は芸大に進んで音楽家を志したが、卒業を待たず、白血病で死んでしまった。彼女もクリスチャンだったが……」

「神は、無慈悲だね」

「いや、神は存在しないんだよ」

怒気を孕んだ佐川の物言いに、中島は驚きを含んだ目を返した。

「彼女の、どこから見ても愛くるしい容姿、澄んだ声は、まさに造化の神の傑作だと思った。それを自らの手であっさり壊してしまうような神がいるだろうか？」

「君は無論、その人を愛していたんだよね？」

「ああ。僕は彼女を追っかけるように外語大に行ったからね。東京で二年間付き合い、将来も誓い合った。矢先の発病だった」

「それじゃ、さぞや、神を呪いたくなっただろう」

「ドストエフスキーがいみじくも喝破している。神が無ければすべてが許されている、つまり、どんなことでも起こり得る、どんな理不尽なこと、彼女がそんな若さで死ぬ、てこともね」

「それで君は、神を信じられなくなった？」

「ああ。しかし、悔しいが、完全ではない」

「うん……？」

「何故って、当の本人は、神を呪うこともなく従容として死を受け容れたんだよ。僕もお付き合いで一緒に行っていたが、カソリックの教会に通い、来世も信じていた。天国でまたお会いしましょうね、なんて言ったんだ」

不意に中島の目が潤んだ。唇をかみしめたが間に合わなかった。目尻から一滴の涙が溢れ出て、深い眼窩に落ち、更に突き出た頬骨に伝い流れた。佐川は構わず続けた。

「僕がこの世に神はいない、だから、どんなに理不尽で残酷なことも起こり得る、と、決定的に思ったのは、子供を失った時だよ」

中島はまだ涙に濡れたままの目を瞬いた。

「病気ならまだしもあきらめがついただろう。しかし、娘は車に引っかけられ、二、三十メートルも引き摺られて顔も体もグチャグチャにつぶされた。

家内は二人目の子を身ごもっていたが、そのショックで流産してしまった。僕の人生もそこでもうほぼ終わってしまったんだ。神も、もはや信じられなくなった」

佐川の目に涙が光った。

「神はいなくても――」

中島が声を絞り出した。

「来世はあって欲しいね。白血病で亡くなった恋人や、娘さんが待っているだろうし、僕も、待ってるだろうから」

言い終えるや中島は唇をかみしめた。

新たな涙が窪んだ眼窩に溢れた。

佐川の目尻からも、また一雫の涙が頬に伝い流れた。


十分後、佐川は病室を後にして、デイルームに向かった。

中島時子は窓際の椅子に掛けたままうとうととまどろんでいたが、近付いた佐川の気配に気付いてハッと目を開いた。

「あ……すみません……」

時子は慌てて背筋を立て、傍らの椅子を引いた。

佐川は無言で会釈してその椅子に腰を下ろした。

「彼には、また来る、て言いましたが」

時子が取り繕うのを見届けて佐川はおもむろに口を開いた。

「多分、今日が今生のお別れになりそうです」

「はい……」

時子の視線が佐川のスーツケースに流れた。

「佐川さん、外国へでも、旅立たれるんですか？」

「ええ」

「どちらへ？」

「さし当たって、ロシアです」

「ロシア？　なぜまた……？」

「奥さんは、トルストイやドストエフスキーをご存じですよね？」

「ドストエフスキーは何となくとっつきにくくて読んでいませんけど、トルストイは好きで幾つか読みました。『戦争と平和』、『アンナ・カレーニナ』、カチューシャの歌で有名になった『復活』――映画も観ました」

「はい……」

「ドストエフスキーもトルストイも、生涯神を追い求めた作家でした」

「ロシアに行けば、見失った神を見いだせるような気がして……それで、行きます」

時子は絶句の面持ちで佐川を訝《いぶか》り見た。佐川はかすかに微笑んで見せた。

「どれくらいの期間、行ってらっしゃるんですか？」

先刻までの疑問符は目から解いたが、好奇心は抑え切れぬといった顔で時子は言った。

「分かりません」

佐川はまた微笑を含んだ目を返した。

「神を見いだせるまで……でしょうか？」

時子は唖然として佐川を見すえた。

「では、私はそろそろ、これで――」

佐川の手がスーツケースにかかり、腰が椅子と共に後ろに引けた。

時子が一瞬遅れて立ち上がった。

「無事お帰りの節は、お声なり聞かせて下さい」

佐川は無言で頷いた。

時子はエレベーターの乗り場まで佐川を見送った。

（五）

岡崎公園の疎水辺りに建つ京都会館の第一ホールは満員の聴衆で埋まっていた。

タチアーナ・ドリンスカヤが舞台向かって左の袖口から現れた。胸もとと二の腕の白さを際立たせたピンクのドレス、遠目にもくっきりと造作の分かる彫りの深い気品に満ちた顔立ちに、観客は一瞬息を呑み、次の瞬間我に返ったように拍手を送った。

京都フィルハーモニー管弦楽団の団員がスタンディングオベーションで迎える中、中央に進み出たタチアーナは、タキシード姿の指揮者のさしのべた手に軽くしなやかに手を合わせ、相手の手に誘われるように第一バイオリン奏者と指揮者の間に置かれた椅子に腰を落とした。それを見届けて第一バイオリニストが着席し、団員たちも軽いざわめきと共に着席した。

夕食を簡単に済ませた水江は、お茶を呑みながらしばらくテレビの歌謡番組を観ていたが、それが終わるのも待たずソファーから腰を上げ、二階の夫の書斎に向かった。ドアはあけ放たれたままだった。

明かりを点し、方尺の空間をねめ回してから、おもむろに中央の机の前に座った。机の片隅に地球儀があった。結婚して間もなく夫が紀伊國屋書店で見つけたと言って持ち帰ったものだ。

「ロシアや中国、アメリカやオーストラリアに比べて、日本は情け無いほど小さいのね」

夫が居間で包みを解いてケースから取り出した地球儀にしばらく見入ってからこう口走った日のことが思い出された。

「それを言うなら、お隣の韓国や北朝鮮、それにヨーロッパの国々はもっと小さい」

夫も地球儀に手を添えて言ったものだ。

「ほんと。フランスやドイツなんて、日本の何倍も大きくて広いかと思ったけど、そうじゃないのね？」

「大英帝国を誇ったイギリスだって、見てごらん、こんなに小さい」

水江の指の先に夫は指を立てた。

「それに、随分北にあるのね？」

「日本の東北から北海道の緯度に相当するから、寒いよ」

水江はヨーロッパに行ったことはない。新婚旅行ではパリやローマに行きたいと言ったが、夫は学生時代にホームステイしたことのあるアメリカにもう一度行きたいと主張して譲らなかった。パリやローマでは言葉が通じないというのも理由の一つだった。

（そんなこと言ってたくせに、何故、今頃、ロシアやインド、イスラエルなの？　それこそ英語なんて通じないでしょうに）

机の中央に引き寄せた地球儀を指先で回しながら水江は毒づいた。

独唱を終えたタチアーナ・ドリンスカヤは万雷の拍手を受けながら舞台の袖へ歩みかけた。

刹那、ホールの最前列から若い女性が立ち上がり、小走りに舞台に走り寄って花束を差し出した。

タチアーナは立ち止まり、たおやかに腰を屈め、膝を折り、にこやかに微笑んで花束を受け取ると、若い女に手を差しのべた。

佐川徹太郎は彼女のすぐ後ろの席にいたが、足許の花束を拾い上げると、ジャケットの内ポケットから封書を取り出して花束に差し入れ、席を立った。

若い女が踵を返し、タチアーナが立ち上がろうとした途端、佐川が間一髪、二人の間に体をねじ入れた。

タチアーナは一瞬ためらいを見せたが、思い直したように再び腰を屈めた。

佐川は花束を差し出し、ひしと相手を見すえて、ロシア語を口走った。

「アナタハ、ワタシノ、メガミ、デス」

タチアーナは澄んだ青い瞳をいっぱいに見開いて小首をかしげたが、一瞬の戸惑いから我に返ったように花束を手に取ると、もう一方の白い二の腕をさし伸べた。

佐川はその手を両の手に握りしめたが、すぐに放さなければならなかった。タチアーナが強い力で腕を引き、すっくと立ち上がったからである。


二時間後、ホテルの一室に落ち着いた佐川はバスローブ姿で便箋にペンを走らせていた。


………

私の旅はいつ終わるか分からない。身勝手な夫に、君はそのうち愛想をつかすだろう。我慢することはない。私の帰りを待つ必要はない。君は君で、自由に羽ばたいて行ってくれたらいい。

………

私の書斎の片隅に金庫があるのは知っているよね。そこに、君がたとえ今の仕事を辞めても当分困らないだけのものを入れておいた。キーは、机の右上の引き出しの奥にある。暗証番号と共に。

君を幸せにしてやれなかったことは痛恨の思いだ。どうか、許して欲しい。

君の幸せと健勝をはるかより祈っている。

×月×日　　　　徹太郎

水江様

ペンを置き、もう一度読み返してから便箋をホテルの封筒に入れると、佐川は椅子の背にもたれてフーと大きく息をついた。

（六）

指の震えが微妙な調整を狂わせ、水江は三度もやり直した挙句、やっと金庫をあけるのに成功した。

預金通帳と印鑑、それに、通常よりやや大き目の黄色い封筒が視野に飛び込んだ。それらを鷲掴みにして引き出すと、金庫はキーをさし入れて開いたまま、水江は立ちあがって椅子にかけ、手にしたものを机の上に置いた。

封書は閉じられておらず、簡単に中身を引き出せた。二枚の書類だった。

A3とA4の大きさで、A3のそれは「離婚届」で、最上段の「氏名」欄は左に「夫」右に「妻」の欄があり、夫のそれには佐川徹太郎と明記されている。最下段の「届出人」も左右に夫と妻の欄があり、夫のそれにはやはり佐川徹太郎の名に押印が付されている。空白の上下の「妻」の欄をためらわず埋めるべし——夫の声無き声を水江は項《うなじ》の辺りに聴いた。

A4サイズのそれは、「離婚の際に称していた氏を称する届」と印されてある。自分の場合、別れても夫の姓を名乗りたければ書くことになるものだと解釈した。

忌まわしいものを目にしたかのように、水江は二枚の書類をあたふたと黄色い封書にしまい込んだ。

通帳は新しいもので、一千五百万円が他の銀行から振り込まれてある。通帳の名義人は「佐川水江」となっており、ケースに入った印鑑にも「佐川水江」と彫られている。

「いつの間に、こんな手の込んだことを！」

独白のつもりが、一旦かみしめた唇の間から声が漏れ出た。

（あたしたちの三十年は、何だったの？　あなた、何だったのよ？　今のあたしにはあなたしかいないのに！）

水江は宙をにらみつけた。怒った顔が次第に泣き顔に変わった。嗚咽《おえつ》が始まった。涙が目に溢れ、ポトポトと机に滴り落ちた。ティッシュペーパーを摑み取って濡れた机を覆うと、水江はその上に手を重ね、突っ伏した。そうして、イヤイヤをする子供のように首を振り続けた。


佐川は東京に戻って成田からウラジオストック行きの便で飛び立った。

機内は六割がた埋まっており、日本人と外国人が相半ばしていたが、日本人は若者の姿が目立った。

佐川はひたすら『ロシア語入門（中級編）』に読み耽っていたが、それに飽きると窓外に目を転じ、雲海に見入った。

機は三時間後にウラジオストックに着いた。

日本ならまだ黄昏時の時間だが、空港には明かりが点り、荷物を回転台から拾い上げて外に出ると、すっかり夜の帳《とばり》が降りていた。

日本では桜の季節だが、ウラジオストックの外気は真冬のそれを思わせてひんやりと冷たく肌をさした。

佐川はスーツケースからジャケットを取り出してシャツの上に重ねた。

玄関前でタクシーを拾って「ヒュンダイウラジオストック」とホテルの名を告げた。

「ニホン？　ソレトモ、チュウゴクカラ、デスカ？」

車が走り出したところで運転手がバックミラーで佐川に目をやって問いかけた。ロシア語だが、聴き取れた。空港には日本人も多かったが、そう言えば中国人もかなり見かけたな、と思い至った。ロシア人には区別がつかないのだろう、と。

「ニホンカラデス」

覚えたてのロシア語で返すと、運転手はバックミラーの中でほくそ笑んだ。

「アー、トウキョウネ。ナリタ、カラ？」

「ダー」

佐川は頷いた。

車は三十分ほど走ってホテルに着いた。近代的な高層ビルの外観を下から上まで見やってからスーツケースを引っ張ってロビーに入って行った。

大勢の人間が行き交っている。大半は東洋人だ。機内と同じく、若者が多い。大概はペアで、中には数人で固まっている。佐川のようなひとり旅のツーリストはチラホラ見かける程度だ。

フロントでチェックインを済ませると、佐川はインフォメーションに立ち寄って翌日のシベリア鉄道の便を尋ねた。

予約を取る段階になって、席は三種類あるがどれがいいかと尋ねられた。個室はなく、二人、四人、六人の相部屋となるが、と。

佐川は四人席のコンパートメントを選んだ。

応待したのは三十前後かと思われる、銀白色の髪と薄いグリーンの目をした女だった。チケットを受け取ったところで、佐川はおもむろに懐から新聞の切り抜きを取り出し、折り畳んだそれを広げると、インフォメーション・ガールの前に差し出した。

相手は「うん？」とばかりに怪訝な目を返した。

「コノヒトヲ、シッテイマスカ？」

佐川はロシア語で尋ねた。

女は切り抜きを手に取って写真に見入ってから、コクコクと頷き、

「オペラノ、カシュデショ？」

と問い返した。佐川は得たりや応とばかり頷いた。

「コノヒトハ、フダンハ、ドコニスンデイマスカ？」

女は首をかしげたが、ニッと笑った顔を返した。

「ユーメイナヒトタチハ、タイテイ、モスクワデショ」

佐川は頷いて女の手から切り抜きを取り戻し、礼を言って踵《きびす》を返した。

（七）

翌日佐川は、ウラジオストック駅からモスクワ行きのシベリア鉄道に乗り込んだ。前日予約したハードクラスの四人用個室には先に外人が二人乗り込んでいた。二人はロシア語で挨拶を交わし合っていたが、佐川が入っていくと、申し合わせたように佐川の方を見てにこりと会釈した。佐川も会釈を返してから室内を見回した。

二段ベッドが通路を挟んで二つ置かれ、通路にはテーブルが一つ置かれている。窓際にヒーターがあり、部屋はまずまず暖かい。

二人のロシア人は気心の知れた間柄らしく、佐川には聞き取れない会話を交わしながら荷物をベッドの下の引き出しに入れている。二人は二段ベッドの上の方を占める算段のようだ。佐川も下着類やセーター、ブレザーをベッドの下にしまった。

もう一方の下段に人の来る気配はないまま列車は動き出した。

約十一時間後、列車はハバロフスクに停車した。

何人かの乗客が乗り降りした。

佐川は降りる乗客に交じってプラットホームに出た。

外気が冷たく頬に突き刺さり、思わず首をすぼめた。

コンパートメントに戻ってみると、ロシア人の姿はなく、空いたベッドの下段に若い東洋人が荷を置いていた。

目が合ったところで青年がにこやかに会釈した。一重の目だが、涼し気に澄んでいる。

「日本の方、だよね？」

佐川は相手の目をのぞき込んで言葉を放った。

「ええ。前島と言います」

青年は真っ直ぐ佐川を見すえて答えた。

「佐川です。宜しく」

青年はもう一度にっこり会釈した。

「ここから乗られたの？」

「ええ。新潟からの便でこちらに着いて。佐川さんは？」

「成田からウラジオストック行きに」

「じゃ、関東の方ですか？」

「ああ、まあ……」

青年は佐川の二の句を待つような表情を作ったが、佐川はあらぬ方に視線を流した。

「上段の客は友人同士らしいロシア人だが、どこへ行ったのかな？」

「食堂車じゃないですか？」

青年が腕を返して時計を見ながら言った。

「僕らも、行きましょうか？　混んでるかもしれませんが」

青年は旅慣れているといった感じで手際良く荷物を仕分けし、大部分をベッド下へ、一部――二、三冊の文庫本とウォークマンだった――をベッド脇の壁に取りつけられている籠のような荷物入れに入れると、またにっこり会釈した。

佐川は文庫本に流し目をくれた。トルストイの『復活』、ドストエフスキーの『罪と罰』、そしてツルゲーネフの『父と子』だった。

佐川はほくそ笑んだ。その三冊は、いずれもこの青年と同じ年頃に読んだものだ。『復活』のカチューシャよりも、『罪と罰』のソーニャよりも、『父と子』のニヒリストを自認する主人公バザーロフが不覚にも心奪われた未亡人オジンツォーワに若き日の佐川は惹かれた。

「形あるものはすべて壊れる。恋も形態である」と嘯《うそぶ》きながら、オジンツォーワへのままならぬ恋慕の情に煩悶するバザーロフが哀れでいとしかった。そのオジンツォーワと、脳裏にこびりついて離れないタチアーナ・ドリンスカヤの面影が重なった。

二人が食堂車に入った時、入れ代わるように同じコンパートメントのロシア人が連れ立って出て来た。

タイムリーだった。食堂車はほぼ満席で、二人が抜けた席だけが空いていた。

テーブルについたところで、今すれ違った二人が同室者であると佐川は前島に告げた。

「ロシア人ですね。モスクワまでは行かないでしょうね」

前島が返した。

「何故？」

「商社マン風情ですし、モスクワまで行くんだったら、鉄道より空の便を利用するでしょう。それに軽装のようですから」

「ロシア人でも、シベリア鉄道は初めてで、ゆっくり旅を楽しみたいという者もいるんじゃないのかな？」

「それは、いるでしょうね。でも、あの二人は、何となく違うような気がします。戻ったら早速聞いてみましょうか」

「君は、ロシア語は、喋れるの？」

「ええ、多少」

「どうして？　勉強したの？」

「僕、外語大のロシア語科卒ですので、一応……」

「ええっ？」

佐川の目の色が変わった。

「どちらの？」

「大阪です」

「君は、向こうの人なの？」

「鳥取です」

「鳥取！　じゃ、大阪の方が近いね」

「東京よりは、ということですか？」

「うん」

「東京外大は、少しハードルが高過ぎて……」

「そうかな。変わらんだろ」

前島は訝し気に佐川を見返した。佐川はニッと笑った。

「うん……私でも入れたんだから」

合点がいったように青年は二度三度顎を上下させた。

「やはり、ロシア語科ですか？」

「いや、ロシア語では食えんと思ってね。ありきたりの英語科だよ」

「じゃ、英語の先生でもなさってるんですか？」

「つい最近までね。君は？　卒業して、今、どうしてるの？」

「大学院の二年目です」

「ほー！　じゃ、本格的にロシア語を勉強しようとしてるんだ。翻訳者か通訳者でも目指してるのかな？」

「まだ何とも……」

「そうか。ところで、今は、春休み？」

「ええ。学生時代、夏休みに一度、この列車に乗りました。ウラジオストックからイルクーツク止まりでしたが……」

「今度は？」

「モスクワまで行きます」

佐川は目を瞬いた。

「それは心強い。私はロシア語はからきし駄目だから、通訳を頼むよ」

「いえ、僕だって、専ら読む方ですから、会話の方は心許ないです。今回はそれを実地でためしたい気もあって……」

「じゃ、書く方はお手のものだね？」

「ま……喋るよりは……」

佐川は自得するかのようにコクコクと頷いてから、舌なめずりし、相手を凝視した。

幾らかたじろいだ恰好で、前島が口を開いた。

「佐川さんは、どうしてこのシベリア鉄道に……？」

「うん――神を探しに、ね」

「神？　ドストエフスキーやトルストイの神ですか？」

「そうだね……いや、少し違うかな。私の場合は、女神、かもしれない」

前島はキョトンとした顔で佐川を見詰めた。

「ま、後でその女神を見せるよ」

料理が運ばれてきた。

二人はウォッカで乾杯を交わしたが、一口飲んだところで二人ともむせ返った。

「これはきついね」

佐川が顔をしかめて言った。

「エリツィンはこれが大好きだったらしいが、肝臓をやられるはずだ」

「えっ？　前の大統領ですか？」

「ああ、私は、その前のゴルバチョフを再臨のキリストかと思ったんだが……」

「再臨――て、キリストは天から雲に乗って現れる、と聖書には書いてありますが……」

佐川は嘆息をつき、シベリア風サリャンカを一口二口、口に運んだ。

「私の母も、半ば盲目的にそう信じていたが、そんな非科学的なことが起こるはずはないよね」

「はあ、確かに……」

「キリストの再臨は新約聖書に預言されているが、旧約聖書には預言者エリヤが後の世に救世主として再び現れると書かれている。イエス・キリストが自らを神の子と言い、実際、神がかり的な奇跡を起こすので、ある者はイエスを再臨のエリヤと信じた。しかし、ユダヤ教徒たちは、エリヤは雲に乗って再臨するはず、女の胎から生まれるはずはないと頑なに信じていたから、イエスを詐欺師、神を冒瀆《ぼうとく》する者と糾弾し、挙句、十字架にかけた」

「はあ……しかし、イエス・キリストは処女マリアから生まれたんですよね？　ヨセフという婚約者はいましたが」

「当時の周りの人間がそんなことを信じるはずはない。ヨセフとの婚前交渉で生まれたに相違ないと誰しもが考えただろう」

「佐川さんも、そう思われるんですか？」

「分からない。しかし、再臨のキリストは、何も二千年前のイエス・キリストそのものでなくてていいんだよ。

現に、スウェーデンの霊能者スウェーデンボルグを再臨のキリストと信じている人たちもいる。私は、共産主義者によって無神論に傾いたロシアに信仰を復活させたゴルバチョフこそ再臨のキリストではないかと本気で思ったものだ。

「佐川先生……」

「うん？」

「お会い出来て嬉しいです。ゆっくりお話を伺いたいです」

「あ、いや……こちらこそ」

前島はいかにも若者らしい、屈託の無い笑顔を作ると、空腹に耐えかねたというように料理をつつき出した。

佐川もスプーンにすくったままだったサリャンカを口に運んだ。

（八）

京浜東北線の有楽町駅で下車すると、水江は銀座方面に出た。

ジャンボ宝クジで一等がよく出るというので発売日には延々と長蛇の列が出来る宝クジ売店を左に見て、「NISHIGINZA」と横長の看板が階段に掲げられている建物にさしかかったところで足を止めた。

階段の下に「メニュー」の立看板が置かれてある。二階のイタリアンレストラン「ボーノ・ボーノ」のそれだ。

水江は佇んだまましばらくメニューに見入った。

ディナーは六千円と四千八百円のコースがある。食欲はないし、いつもは割勘だが、今日は自分が払うと決めているから安い方のコースでいいだろう――そうと決めてから階段に足をかけた。

「水江さん」

不意に背後から呼び止められた。

上背で十センチは勝る松井英子《えいこ》がスックと立っている。

「まるで申し合わせたみたいに、ドンピシャリね」

振り向いた水江に、松井英子は細面の顔を綻ばせた。

「ほんと。ありがとうね、わざわざ」

「ううん」

英子はトレードマークのにこやかな笑みを浮かべたまま首を振った。

「あたしはここまで三十分で来られるから大したことない。あなたの方が大儀なのに」

実際、横浜の自宅を出てからここまでは一時間半かかっている。英子に横浜まで出て来てくれとは言えないから、間の有楽町にした。銀座界隈《かいわい》は年に二、三度はつるんで逍遥《しょうよう》しているから勝手知ったところだ。「ボーノ・ボーノ」もそのうち一度は来ている。

二人は中学の同期生だ。入学したその年一学年だけクラスを共にした。

卒業してからは没交渉になったが、今から十年前、突如、卒後三十周年の記念同窓会の案内が舞い込んだ。

会場は名古屋駅前のホテルだった。同窓生約六百名のうち三分の一が集まった。当時のクラスは男女相半ばしていたが、同窓会に現れたのは男が三分の二を占めていた。

男よりも、女の方が様変わりしていて、当初は誰それと見分けるのに手間取った。何人かが中学の卒業アルバムを持参して来ており、満十五歳のあどけない少年少女の顔と、不惑ははるか過ぎ、天命を知る齢に近付いた中年の男女のそれを見比べ、確かめ合いながらの談笑に時を忘れた。

クラスの女子では一番背が高かった印象から、水江の方がまず英子をそれと見分けたが、当時はかけていなかった眼鏡が板に付いた水江を、英子は繁繁と見つめながら「村野さん？」と旧姓で呼びかけた。

互いを互いと認識してからの時間は瞬く間に過ぎて行った。無性に懐かしく、別れが惜しまれた。同じ関東の住人と知って、佐川水江と松井英子は再会を誓い合った。どちらからともなく声を掛け合い、旧交を温めるようになった。上野公園内の美術館の催し物や有楽町のマリオンで映画を観るか、デパート巡りをしてから銀座に出て夕食を共にしながらひとしきりお喋りをして帰る、それがお決まりのコースとなった。

「去年のクリスマス以来ね」

テーブルに落ち着き、水江がメニューをオーダーしたところで英子が先に口を開いた。

「ああ、そうね」

布袋《ほてい》さんのような顔形をしたインド人のボーイが恭《うやうや》しく差し出したおしぼりで首筋を拭いながら水江は返した。

「電話の声でも感じたけど」

英子の方はおしぼりで手だけ丹念に拭ってから言った。

「何だか、少し元気がないみたい。違う？」

水江は目を伏せた。

「何か、あったのね？」

英子が追い打ちをかけた。

「今日は映画を観る気も、デパートに行く気もしない、て言うから」

水江は相手の視線を外したまま、手を拭いかけたおしぼりを置き、バッグをまさぐって封書を取り出した。

英子が上体を乗り出した。

「いきなりで何だけど、これ、読んでみて」

水江はやっと視線を合わせて手にしたものを相手に差し出した。英子は封書を裏返した。

「ご主人から？」

水江は黙って頷いた。その目が潤んでいるのを見て取って、英子は慌てて目を伏せ、封書から中身を引き出した。

便箋をつまんでいる英子の指先の薄いピンク色のマニキュアに、水江はうつろな目をやった。

（この人にはお洒落をする余裕がある）

爪だけは切ってきたが、何も施されていない自分の指先に目を転じて水江はひとりごちた。

インド人のボーイが飲み物を運んで来た。浅黒い大きな布袋顔を見上げて水江は会釈した。英子はグラスにチラと流し目をくれただけで、便箋の二枚目を繰った。

水江は所在無げにグラスを手に取ってストローを口にくわえ、一口二口ジンジャーエールを吸い上げた。不快な喉の渇きが少し癒された。

「ふーん……」

英子の嘆息に水江は顔を上げた。

「驚いた」

英子が水江を見返して便箋を置き、グラスを持ち上げると、ストローを勢いよく吸った。赤い液体がたちまちグラスから三分の一ほど減った。

「熟年離婚て、女の方から切りだすことが多いみたいだけど、逆ね」

喉の通りが良くなった、と言った顔で、グラスを置いて二呼吸ほどついてから英子が言い足した。水江の眉間に険が立った。

「でも、どうしてかしら？　思い当たることはないの？」

水江は生唾を呑み込んでから視線を上げた。英子が畳みかけた。

「この便箋、ホテルのよね？　品川プリンスホテル……」

こちらはコクリと頷いた。

「と、いうことは、旅先から出してるのね？」

水江はもう一度無言で顎を落とした。

「行く先は、分かってるの？」

「多分、ロシア」

「ロシア！　どうしてまた？」

「あの人、トルストイとかドストエフスキーとか、ロシアの作家が好きだった」

「でも、それと、離婚とは結びつかないでしょ？」

「そうね。結びつかない……」

鸚鵡返《おうむがえ》しして、水江は虚ろな視線を宙にやった。さ迷いかけたそれを英子の目が追った。

「悪いけど、いい？」

相手の視線をとらえたところで英子は言った。

逃れられなくなった目を水江は瞬いた。

「ご主人、女の人と駆け落ちしたんじゃない？」

「そんなこと……」

水江は眼鏡の下で力いっぱい瞳を開いた。

「あり得ない」

首がゆっくり左右に振られた。

「女の影は、微塵もなかった？」

問いかけて、英子はまたグラスを持ち上げ、ストローに口をつけた。

水江は答える代わりに同じ仕草をした。

そのまま二人は氷だけ残してグラスの液体を吸い上げた。

「思い当たる節、本当に無いの？」

先にグラスを置いた英子が、俯《うつむ》いている相手の眉間に目を凝らした。

「無いわ」

水江はキッと英子を見返して、ゆっくり二、三度、首を振った。

「もしあったら、あなたに相談を持ちかけるまでもないでしょ？　私がそれを許すかどうかはさておいて、少なくとも、逐電の理由には思い至るから」

「そうか……そうね」

英子はフムフムとばかり頷きを繰り返した。

「じゃ、思い当たる理由がないのに、ある日忽然《こつぜん》と夫が家出する、そんなことがあり得るか、てことね？」

「ええ……まあ……」

「絶対に、あり得ないわよ」

「えっ……？」

「女でないとしたら、あなたと一緒にいるのが厭《いや》になった——酷な言い方だけど、それくらいしかないわね」

水江は憮然として視線を宙に泳がせた。

インド人のボーイが「お待ちどおさま」と流暢な日本語で言って、運んで来たディッシュを二人の前に置いた。

（九）

前島の予測通り、二段ベッドの上段を占めていた二人のロシア人はイルクーツクで降りるということだった。その情報は、食堂車から戻った前島が二人に問いかけてすぐに得られた。

佐川は青年とロシア人とのやり取りに耳を澄ましたが、単語を断片的に理解し得ただけだった。

「バイカル湖の水質や魚の調査に行くそうです」

ひとしきりやり取りした後一方のベッドの下にもぐり込みながら前島は言った。

「じゃ、農林省か水産省の役人かな？」

ウォークマンのイヤホンを耳にあてがいながら佐川は言った。

「そのようです」

「じゃ、一日か二日のお付き合いだね？」

「そうですね。感じのいい人たちだし、ロシア語の会話の勉強にもなるのでしめた、と思ったんですが、やはり、予測通りでしたね」

「うむ。でも君はもう充分話せるじゃないか。羨ましいよ」

「いいえ、半分くらいしか理解していません。一人の方は早口なのでほとんど聴き取れないくらいです。今度は、もう少しゆっくり喋ってくれ、て言いますが……」

「そうだね」

「僕も、ウォークマンは持ってきているんですが、佐川さんは何を聴かれるんですか？やはり、ロシア語会話ですか？　それとも、日本の……」

佐川はイヤホン諸共《もろとも》ウォークマンを前島に差し出した。

前島は慣れた手つきで形の良い耳にイヤホンを差し込んだ。

「歌……ソプラノですね？　イタリア語のようですが……あ、変わった。アレッ、〝荒城の月〟だーハテナ？　どこの人ですか？」

「ロシア人だよ。日本での公演だから、サービスに日本の歌も入れたんだろうね」

前島は頷きながら聴き入っている。

「この世のものならぬ、天使の声だ」

佐川がつけ足すのへ、青年は素直にコクコクと頷いた。

段上のロシア人の会話も途絶えて、コンパートメントに初めて静寂が漂った。

前島の声がその静寂を破った。

「これ、ＣＤからダビングして入れたんですよね？」

青年は、イヤホンを外し、ウォークマンと一緒に佐川に戻しながら問いかけた。

「そう……」

「そのＣＤは、どこで手に入れられたんですか？」

「コンサートの会場でだよ」

「行かれたんですか、お聴きに」

「ああ」

佐川は枕元のパンフを前島に手渡した。

「この人、ですね？」

パンフを繰ってタチアーナ・ドリンスカヤの写真を佐川の方にかざして見せながら前島は言った。

佐川はしたり顔で頷いた。

「美しい人ですね。まだ若そうだな。タチアーナ――名前がまたいいですね。『オネーギン』のヒロインだ」

「オネーギン？　どこかで聞いたことがあるな」

「プーシキンの代表作です。トルストイやドストエフスキーより少し早い時代の作家ですね。確か、四十そこそこで、決闘で死んでいます」

「決闘で？」

「ええ」

「そう言えば、ツルゲーネフの『父と子』にも決闘の場面が出てくるね。主人公のバザーロフが、夏の休暇に立ち寄った級友の郷里で、その級友の叔父だった人物と……」

「よく覚えておられますね」

佐川は満更でもないという顔で顎を落とした。

「ところでその『オネーギン』は小説だったかな？」

「いえ、詩小説ですね」

「ししょうせつ？」

「詩の形を取った小説、と言いますか……一気に読ませますよ」

「ほー、かいつまんでストーリーを話してみてくれるかい。うん？　ちょっと雑音が入って来たな」

佐川が前島のベッドの上方に目を遣った。そこに横たわったロシア人が鼾《いびき》をかき出している。佐川のベッドの上段のロシア人はそれを意に介した風もなく雑誌に読み耽っている。

「そうですね。また今度にしましょう。それにしても、『オネーギン』のタチアーナとこのソプラノ歌手、心なしかオーバーラップします」

前島は佐川の渡したパンフのタチアーナ・ドリンスカヤの写真にまた見入りながら言った。

「うん？　そうかな？」

佐川もパンフに目を遣った。

「現代風、というより、古典的な美人ですものね。僕も一度実物を見てみたいな。モスクワの生まれとありますから、モスクワに住んでるんでしょうね？」

「そうとしても、彼女は今がピークのプリマドンナらしいからね、世界を股に掛け回っていて、自宅のベッドを温めている暇はないかもしれない」

「でも、海外に出っ放しということはないと思いますよ。モスクワに行けば、きっと見られますよ」

「君はモスクワに何日滞在するの？」

「精々一ヵ月です。先生は？」

「期限は、つけてない」

「えっ？」

トーンの上がった前島の声にかき消されたように、ロシア人の鼾が止まった。

「そんなに長くおられるご予定なんですか？」

「うん、まあね」

「ホテルに泊まられるんでしょ？」

「ああ」

「ホテルは、どちらですか？」

「シェラトン・パレス」

前島はひょいと起き上がって壁のシカーフ（物入れ）から部厚いガイドブックを取り出すと、慣れた手つきで頁を繰った。

「シェラトン・パレス——五つ星の高級ホテルですね。一泊で五、六万円ですよ。長期滞在されたら、大変な散財になるんじゃないですか」

「退職金を、全部使い果たすつもりで来てるから、それはいいんだが……君は、どちらに泊るの？」

「僕はホステルですよ。一泊三千円程度の」

「何というホステル？」

佐川もシカーフから似たような部厚いガイドブックを引っ張り出した。

「ホステル・モスコー、略してＨＭですが」

佐川はモスクワ市街地の縮図を開いてシェラトン・パレスとＨＭの位置を探った。

「シェラトンは北西部、プーシキン広場から約一・五キロですね」

同じようにガイドブックの地図を探っていた前島が先に言った。

「僕の泊まるＨＭはプーシキン広場を南に下って五百メートルほどの所にあるようです」

「歩いても行き来できる距離だね。時々食事を一緒にしよう。無論、私が奢《おご》るよ」

「あ、はい……楽しみにしてます」

ロシア人がまた鼾をかき出した。二人は会話を中断してそれぞれ手にしたガイドブックに目を転じた。

佐川と前島は、ガイドブックを繰りながら全く別のことを考えていた。

佐川はタチアーナ・ドリンスカヤの面影を追っていた。彼女の舞台姿を見られそうな劇場、マリインスキー、ボリショイ、エルミタージュ、ミハイロフスキーの名前と位置をマップで確認した。

前島は、トルストイの郷里ヤースナヤ・ポリャーナやドストエフスキーの『罪と罰』の舞台サンクトペテルブルグに思いを馳せ、そこへの行き方をガイドブックに探っていた。そして、できれば佐川を旅に誘いたいと考えていた。

（十）

イルクーツクで降りた二人のロシア人に代わって乗り込んで来たのはモンゴル人の若者だった。二人共大きなリュックサックを背負っている。

佐川と前島は車外に出てバイカル湖を眺めた。

「先生は、バレエはお好きですか？」

前島が唐突な話題を切り出した。

「バレエって、踊りのバレエだよね？」

「ええ」

「わざわざ観に行ったことはないが、映画では観たことがあるよ」

佐川の脳裏に、マービン・ルロイ監督の「哀愁」が浮かんでいた。ロバート・テイラー演ずる軍人とヴィヴィアン・リー演ずる踊り子の恋愛物語だが、若い前島が知っているはずはなかろうから話題にはしかねた。

「君はバレエに関心があるの？」

「格別あるというわけではないんですが、二つ違いの妹が小さい頃から習っていたもので、発表会があると、僕もたまに父母に連れられて観に行ったんです」

「ほー。妹さんは、今でもやられてるの？」

「そうなんです。〝劇団四季〟ってご存じですか？」

「ああ、よく公演をやってるよね？」

「ええ、最近ロングランを続けているのは〝オペラ座の怪人〟です」

「観たよ」

「えっ？」

「東京と京都で、二度」

「そうですか！　僕は東京で二度観ました。妹の話では、三度、四度のリピーターもいるとか」

「舞台装置もなかなかだが、何と言っても音楽がいい」

「アンドリュー・ロイド・ウェバーですね？」

「うん。彼には駄作というものがほとんどないよね。劇中で歌われる曲すべてが印象に残る。そして後で自ずとメロディを口ずさみたくなる」

「〝オペラ座の怪人〟ばかりじゃなく、〝エビータ〟や〝キャッツ〟なんかもそうですね」

「よく知ってるね」

佐川は心底驚いた顔を前島に振り向けた。

「妹が劇団員になっている関係で、一家挙げて会員になってますから」

「そうか。で、妹さんはヒロインを演じたりしてるのかな？」

「いえ、そこまではまだ。専ら踊りの方らしいですから」

「しかし、踊りだけ上手くても〝四季〟には採用されないだろう？　歌も上手でなきゃ」

「妹は一応音大を出てます」

「ほー、じゃ、歌えて踊れてだから、そのうち主役を張れるんじゃないか。君の妹さんなら器量もいいだろうし」

「有難うございます。その節は佐川さんをご招待させて頂きます」

「ああ、ありがと……」

「ところで、その妹が憧れていたバレリーナがロシアのマイア・プリセツカヤです。ご存じですか？」

「名前は聞いたことがあるが……」

前島は背負っていたリュックサックを降ろすと、ポケットの一つから一冊の本を取り出した。

「この人です」

前島は表紙の装丁の中央を占めているコスチューム姿のバレリーナの写真を示した。

佐川は受け取ってその写真に見入った。

「妹が旅の徒然《つれづれ》にと言って寄越したんですが、中に面白いエピソードが載っていました」

「ほー、どんな？」

佐川は本をパラパラとめくっていた手を休めて青年に向き直った。

「マイア・プリセツカヤがインドへ公演に行った時、時の首相ネールに食事に招かれ、隣に座らされたそうです」

「フム」

「ネールは英語やフランス語で一生懸命話しかけるけれど、ロシア語しか解しないマイアはチンプンカンプンで、適当に相槌を打つしかなかったとか……」

「世界的な芸術家なんだから英語くらい解さないとね」

「そこに書いてありますが、一般にロシアの芸術家は、世界的な人でも母国語しか話さないそうです」

「そう……？」

佐川の目がかげった。

（タチアーナ・ドリンスカヤも例外ではないか……！）京都会館で花束に添えた封書のことを思い出していた。それには、にわか仕込みのロシア語で口走った一言を含め、自分が退職した英語の教師であること、妻とも別れ、旅に出ること、それは見失った神を求めての旅であるが、今の自分にはあなたが至高の存在、憧憬の的、つまり、女神そのものであり、故に永遠にあなたを愛します云々、と、英語で書き綴《つづ》っていた。

「マイア・プリセツカヤはさすがに気が引けて」

佐川の目のかげりにこめられた思わくにはとんと思い至る風もなく、前島が陽気に続けた。

「食事が引けた後、同席していたロシア語の分かるインド人にネールはどんな話をしたのかと問い質《ただ》したそうです」

「フム……」

「あなたが〝白鳥の湖〟を踊ったから、ネールはそれに因んだ小話をしたんですよ、と彼女は答えたそうです」

「ほー、どんな？」

「この地上で白鳥ほど誠実な生き物はない、雄が死ぬと、雌は空高く舞い上がり、羽を閉じて地上に体を打ちつけて死ぬ。その間際、悲しみをこめた意味ありげな啼《な》き声を挙げる。人間も白鳥の夫婦愛を学ぶべきだ――確か、そんな話です」

佐川の脳裏に、娘のインディラを伴って来日した時のネールのノーブルな風姿が蘇った。

「じゃ、ネールが亡くなったことを知った時、マイア・プリセツカヤはネールの語って聴かせたこの話をしみじみと思い出しただろうね」

「そうですね、きっと……」

「日本の政治家に聴かせたいよ。そんな気の利いた小話を咄嗟《とっさ》にできる政治家なんて、日本にはいやしない」

「はあ……」

怒気のこもった強い口調に前島は気圧《けお》された。

「読んだら、私にも貸してくれるかな？」

佐川は本を前島に戻しながら言った。

「はい、後一日で読み切れると思います」

青年はにっこり頷いた。

「ここには、白鳥らしきは見当たらないが……」

佐川は湖面に視線を流して言った。

「どこかで白鳥を見ることがあったら、私も今の話をきっと思い出すよ」

前島は頷きながら、佐川の横顔をそっと見やった。

（十二）

ロシアは広大であった。

日の明るいうちは多くの時間を窓外を眺めやって過ごした。コンパートメントからは勿論、食堂車内で、時にはデッキに出て立ち話をしながら、二人は異国の景観に見入った。

列車が止まれば必ず外気を吸い、軽い運動を心がけた。

「これでバレーボールの真似事をしませんか」

イルクーツクの次に停まったクラスノヤルスクでホームに出ると、前島は風船をふくらませて佐川に示した。佐川は苦笑しながら頷いた。

大の大人が二人、風船を突き合っているのを、ホームに出た乗客たちがニヤニヤしながら流し見やった。

二人はよく喋った。話題は専ら文学や音楽だったが、時には宇宙論にまで及んだ。

「一度でいいから宇宙船に乗ってみたいですね」

前島がこう言った時、佐川はすかさず「何故？」と切り返した。

「地球が丸いこと、海やエベレストがどんな風に見えるのかこの目で確かめてみたいんです」

「自分で行かなくたって、今は人工衛星や宇宙飛行士が送ってくる映像で見られるじゃないか」

「それはそうですが、でもやっぱりリビングでテレビに映る地球を見てるのと、宇宙船の窓越しに地球を見るのとでは、大いに違うと思います」

「確かにね。初期の宇宙飛行士の誰かが、宇宙に飛んで初めて神の存在を感じた、と言って、帰還後に牧師になった。そのコメントを聴いた時、神を見出すにはやはり宇宙に飛ばなければいけないのだ、と思った。しかし、一方で、気が触れて自死を遂げた飛行士もいる。地球を遠く離れたら自分が何者か、自分の存在の意味が分からなくなってしまったらしい。

私はたぶん、後者になりそうだから宇宙へ行きたいとは思わないよ」

宇宙への思いは平行線に終わった。

ウラジオストックを発ってから一週間後、モスクワのヤロスラヴリ・グラーヴヌイ駅に着いた。乗客たちの口からこもごも嘆声が漏れ出た。それは、長途の旅がようやく終わり、狭い閉ざされた方尺の空間から広々とした天地の狭間へ抜け出た解放感と共に、ひょっとしたら生涯に一度の体験となるやも知れぬ旅が終わってしまったのだという虚脱感の入り混じったものだった。

国籍を異にする見知らぬ人間同士の雑居生活となるコンパートメントでは、時にトラブルが生じた。幸い佐川と前島のそれでは後から入って来たモンゴル人もそれなりに節操があって愛想もよかったから問題は生じなかったが、隣のコンパートメントではアメリカ人の乗客と中国人の乗客との間で喧騒が持ち上がった。中国人がリンゴを丸かじりし、その皮をペッペッと床に吐き散らしたり、ゴミ箱に痰《たん》やツバをこれもペッペッと吐いたりするのをアメリカ人が咎めたのである。相当険悪なムードになり、殴り合いが始まりそうな気配になったが、車掌が急遽《きゅうきょ》駆けつけて仲裁に入り、事無きを得た。

そうした、気に食わぬ同室者との息苦しい共同生活から解放された安堵感も、終点に至った乗客たちの多少とも疲れのにじんだ顔から窺い取れた。

一夜明けた翌朝、佐川と前島はプーシキン広場で落ち合った。両人の宿泊先のほぼ中間点で、二人は周囲の景色を眺めながら一キロの距離を歩いて来た。

落ち合ったのはプーシキン像の前で、それなら確実でしょうからと前島が提案したのに佐川が頷いたのだった。

前島の方が先に着いて、プーシキンの像を見上げたり、モニュメントに刻まれた碑文に目を凝らしていた。

佐川は五分ほど遅れた。

「君はこの碑文を全部読めるんだろうね？」

前島と視線を合わせて佐川が尋ねた。

「ええ、一応は……」

「大したもんだ。私は数字と地名くらいしか分からない。一七九九年、モスクワで生まれ、一八三七年死去、て書いてあるのかな？」

「そうですね」

「三十八歳で死んでるんだ。決闘に敗けて亡くなってるんだよね？」

「ええ、自分の作品『オネーギン』を地で行くような最期ですね」

「頭でも撃たれて即死したんだろうか？」

「さあ、息を引き取ったのは二日後だったそうですが……」

「そうか！　今だったら助かっていたかもしれないね。ケネディは頭を撃たれて即死だったが、レーガン大統領は胸に銃弾を受けたものの緊急手術を受けて一命を取りとめたからね」

「ああ、そうですか。ケネディの名と暗殺されたことは知っていますが、レーガン大統領のことは知りませんでした」

「ケネディの暗殺は一九六三年だから君が生まれるはるか前、レーガン大統領の暗殺未遂は、三十年ほど前だから、ちょうど君が生まれた頃じゃないかな？」

「ケネディ家のことは、よくテレビの特番なんかで取り上げていましたので……」

「なるほど」

「レーガンさんはトルストイより長生きしたが、晩年は認知症にかかってしまった」

「僕の祖父が今それで、祖母や両親が振り回されています」

「確かに認知症は傍迷惑《はためいわく》もいいところだろうが、本人は恐らく死への恐怖も感じないだろうから、極楽とんぼで幸せだと思うよ」

「あー、なるほど」

「誰が何と言おうと人間は死が一番恐いからね。それを綺麗《きれい》さっぱり頭から取り除いてくれる認知症は、またとない天与の賜物《たまもの》かも知れん。トルストイも認知症にかかっていたらもっと楽に死ねたかも知れん。もう少ししたら、私も認知症にかかりたいと思うよ」

半分は冗談だろうが、半分は本気でこの人は言っているな、と前島は佐川の横顔を見すえながら思った。

「ところで、君がこちらへ来る途中にボリショイ劇場を見かけなかったかい？」

佐川が前島に向き直って話題を変えた。

「ああ、ありましたけれど、改修中でしたね」

「えっ、そうなの？」

佐川の目がかげった。

「でも、隣にもう一つ劇場らしい建物がありましたよ」

「じゃ、ともかく行ってみよう。すまないがつき合ってくれるかい？」

「何か、お目当てがあるんですか？」

「タチアーナ・ドリンスカヤだよ。日本で公演したばかりだから、当分ないだろうが、予告のポスターでも貼ってないかと思ってね」

前島は納得したように頷いて、踵を返した佐川に歩調を合わせた。

ボリショイ劇場まではほんの五、六百メートルだった。

前島の言った通り、本館はまだ改修中で立ち入れない。規模で言えば半分以下の新館が隣に建っている。

二人はそちらに入って行った。日中の催し物は皆無と見えて、一階のロビーに人影はまばらだった。

佐川と前島は手分けするように時計回りと反時計回りに分かれて掲示板のポスターを見ていった。

「先生のお目当てのプリマの名前は、残念ながら見当たりませんね」

それぞれ半周して行き合ったところで前島が首を振った。

「しばらく、国外での公演が続くんでしょうね？」

佐川は手に携えたガイドブックを開いて頁を繰った。

「劇場は他に幾つもあるらしいから……」

「そうですね」

前島も自分のガイドブックを開いた。

「ボリショイ劇場と一、二を争うシアターに、マリインスキー劇場というのがあります」

「うん。でもこれは、モスクワじゃなくてサンクトペテルブルグだね」

「ドストエフスキーやプーシキンは、生まれはモスクワですが、サンクトペテルブルグの学校で学び、長く住んだんですよね」

「さすがに詳しいね」

「トルストイのヤースナヤ・ポリャーナと並んで、是非行ってみたいところです」

「じゃ、行こう、明日にでも」

佐川の性急な物言いに前島は戸惑ったような顔を返した。

「モスクワから五百キロ以上ありますよ。順番としてはヤースナヤ・ポリャーナだと思いますが……」

「ヤースナヤ・ポリャーナに劇場はないだろう?」

「それはまあ……トルストイにまつわる記念館くらいでしょうね」

「だったら、まずサンクトペテルブルグへ」

佐川の強引さに前島は抗えなかった。

二人はロビーのベンチに腰かけてガイドブックを開き合った。

モスクワからサンクトペテルブルグへは日に七本の列車が出ており、夜行が四本を占めている。所要時間は速い便で四時間少々、ゆっくりした便は八時間となっている。

「夜行を利用すればホテル代が浮きますね」

前島が言った。

「その代わり、途中の景色は楽しめませんが……」

「それもつまらないね」

結局、午後一時発、五時四十五分着のサプサン号で出かけることに決まった。

（十二）

翌日、二人は前日に下見をしておいたモスクワ駅の時計塔の前で落ち合ってサンクトペテルブルグへ向かった。

駅の職員に英語は通じなかったから、チケットやペテルブルグのホテルの予約などは前島のロシア語が役立った。

「旅費は全部私が払うからいいよ」

そういう訳には——と恐縮する前島を強いて佐川は財布を納めさせ、自分のクレジットカードで代金を支払った。

「いつか、このご恩はお返しします」

前島は礼を言ってこう言い足した。

「いや、いつかは要らない」

佐川がすぐに切り返したのを前島は訝った。

「君がこちらに滞在している間に、私の通訳者として働いてくれたら、それで充分だよ。ロシア語で書いてもらいたい手紙もあるし……」

「手紙、ですか？」

「手紙は大袈裟か……ま、メッセージのようなものになるかもしれんが……」

「無論、ロシア人に宛てるものですね？」

「ああ……私の女神宛てだ」

「タチアーナ……あの、ＣＤの歌手？」

佐川がゆっくり顎を落とすのを、前島は不思議なものでも見るような目で訝り見た。


サンクトペテルブルグはモスクワから約七百キロ北方、北欧のフィンランドと対峙する位置にある。さすがに雪は降っていないが寒く、ジャケットを羽織って程良い按配である。

前日に予約しておいたホテルにチェックインを済ませ、荷物を部屋に置くと、佐川は前島を促して玄関先でタクシーに乗り込み、マリインスキー劇場に駆けつけた。

前々日、ボリショイ劇場の新館でそうしたように、ロビーの掲示板に貼りめぐらされているポスターを一つ一つ追って行った。

五分も経たないうちに、佐川と二手に分かれて反時計回りにポスターを見て回っていた前島が、途中で引き返して佐川の袖を引いた。

「ありましたよ。一ヵ月後に」

佐川は「そお？」とばかり大きく目を見開いて前島の後を追った。

「出し物は〝オネーギン〟です。彼女は、当然ヒロインのタチアーナを演じるんでしょうね？」

佐川は食い入るようにポスターを見詰めた。タチアーナ・ドリンスカヤと、オネーギン役の男性歌手の顔写真が載っている。

「一ヵ月先か……」

佐川が呟いた。

「君は、この日まで、まだいるかい？」

佐川はポスターの下部の数字を指さした。

前島は小首をかしげた。

「いついつ帰るとは決めていませんが、帰りの旅費分を残して、用意してきた軍資金が尽きるまではいたいと思っています」

「その辺は私が何とかするよ」

佐川がすかさず言い放った。

「せめてこの日までは付き合ってくれないか。一緒に観に行こう」

佐川の性急な畳みかけに、前島は一瞬目を瞬いてから頷いた。佐川はほくそ笑んで、再びポスターに向き直った。

「前売券は、もう出ているんだろうね？」

「ええ、このポスターはもっと前から貼られているようですよ。前売は二月十日からとなっていますから」

「二月十日！」

佐川が吃驚の声を挙げた。

「一ヵ月以上も前じゃないか！　ひょっとしたらもう売り切れてるかも知れん。行こう」

佐川は血相を変えて走り出した。

チケットは佐川の危惧した通り、ほぼ完売に近い状況で、一階席の後部に数席残すのみとなっていた。舞台と一階席を左右から挟み込んで斜めに舞台を見降ろす形のいわゆる〝ロイヤルボックス〟が数段設けられていて、佐川は食指を動かしたが、既に全席予約済みで、ご希望ならキャンセル待ちということになります、と、窓口の女性が言った。チケットをめぐる彼女とのやり取りを、佐川は前島に任せ切った。

コンサートまでの日々を、二人はほとんど一緒に行動した。サンクトペテルブルグとモスクワで過ごし、文豪たちの旧跡や美術館、名だたる名所を見て回った。

前島はヤースナヤ・ポリャーナ行きにこだわった。モスクワから南へ約二百キロ、専用の「ヤースナヤ・ポリャーナ号」が土、日に運行していて、片道三時間であった。駅にはバスが待機していて、十分で入口まで運んでくれた。そこからは美しい白樺の並木道が伸びており、博物館となっているトルストイの屋敷まで続いている。

「昔〝アンナ・カレーニナ〟の英訳本を読んだことがあるよ」

博物館となっているトルストイの屋敷に夥《おびただ》しい蔵書が並んだ書庫を見て目を輝かせた前島に、佐川が話しかけた。

「そうですか。今僕は原書のロシア語本に挑戦しているんですが」

「さすがだね。しかし、トルストイの作品で一番いいのは『懺悔』じゃないかな。これは邦訳でしか読んでないが……いわば彼の自叙伝だから、トルストイを知るにはこれを読むに如《し》かずだよね」

「大学院のゼミの教官もそう言ってます。ジャン・ジャック・ルソーの『懺悔録』とゲーテの『詩と真実』と読み比べてみるといい、と」

「なかなかいいこと言うね。で、読んだかい？」

「いえ、〝アンナ・カレーニナ〟の原書で手いっぱいで。先生は読まれたんですか？」

「昔、学生時代にね。ルソーの『懺悔録』には心底おったまげたよ」

「と、言うと……？」

「ルソーはフランスの啓蒙思想家で〝エミール〟に代表されるような教育論もぶっている。さぞや人の鑑《かがみ》ともなる人格者だと思っていたが、何と、余り教養の無い女と結婚して五人の子を儲けたものの、育てる自信が無い、などと身勝手な口実で、生まれるや次々と修道院の玄関先に捨て置いたんだよね」

「ええっ、そんなひどいことをしたんですか⁉」

「それより以前、十代の頃彼はある婦人の厚遇を得てそこで奉公人として仕えていたんだが、出来心で主人の持ち物を盗んでしまった。ところが彼はそれを同じ奉公人の若い娘のせいにした。濡れ衣を着せられた娘は犯人がルソーだと知っていたが、黙っていた。それで彼女は屋敷を追われる羽目になった。別れ際、彼女がルソーを潤んだ目で見すえて言ったそうな。『ルソーさん、私はあなたをもっといい人だと思ってましたのに』と。その一言と、ヒタと自分を見すえた少女の澄んだ瞳がいつまでも消えやらなかったそうだ。積年の良心の呵責《かしゃく》に耐えかねて、かつての己の卑劣な行為を公にして罪を償いたい――そんな動機から〝懺悔録〟を書き出した、とルソーは冒頭に書いている」

「じゃ、根は悪い人じゃないんですね？」

「ま、〝ジーキル博士とハイド氏〟ほどじゃないが、二面性を持っていた人物であることは確かだね」

ヤースナヤ・ポリャーナの広大な敷地内の一隅にトルストイの墓があった。緑の草地の中央が盛り上がってようやくそれらしいと分かる。

「トルストイはキリスト教徒だったはずだが、何故十字架一つ立てられてないんだろうね？」

佐川が墓の前で合掌してから言った。

「ロシアの国教である正教会から破門され、生涯和解しなかったからじゃないですか？」

「遺族もそれで遠慮したのかな？」

「たぶん、そうでしょうね？」

「それにしても何故破門されたんだろう？」

「国家、教会といった権威や私有財産を持つことも否定したからでしょうね」

「なるほど、そうか」

一つのモニュメントを訪ねる度に、二人の会話は弾んで互いに飽くことがなかった。

（十三）

銀座の〝ボーノ・ボーノ〟で佐川水江が再び松井英子と落ち合ったのは、徹太郎が逐電して一ヵ月も経とうという頃だった。

「家はあなたに譲って、お金もそれなりに、たぶん、全財産の半分はあなたに残して行ったんだから、もう離婚届を出してしまったら？」

愚痴もいい加減聞き飽きた、といった顔で、英子はクールに言い放った。

「それとも、警察に捜索願を出す？　女の人と一緒じゃないと言い切れるなら、ひょっとしてひょっと、ということも心配しているのでしょ？」

「ええ……」

水江は力無く返した。（この前会った時より五歳も老けたわ）と英子は、相手の憔悴《しょうすい》し切った顔を見すえながら独白を胸に落とした。

「そのひょっとだけど、ご主人、あなたには言えない病気を抱えてた、てことはないかしら？」

水江がハッとした顔で目を上げた。

「癌――とか……？」

「ええ……」

「だったら、もっと痩せるとか、どこか痛いとか、訴えてていいわよね？」

「癌でも、痩せたりしないで傍目には分からないものもあるでしょ？」

「たとえば……？」

「女性だったら、乳癌とか、子宮癌。男性なら、前立腺や膀胱《ぼうこう》の癌なんか、食欲には影響しないからそんなに痩せたりしないと思うけど……」

水江は答えようがないという顔をした。

「健康診断なんか、ちゃんとしておられた？」

「それは、学校で義務付けられていたから……」

「あ、そうか……」

松井英子は自得したように頷き、小首を一つかしげてから、また水江に向き直った。

「夫はね」

英子の目に促された形で水江が口を開いた。

「うん……？」

「あの人、家を出てすぐに中学時代のクラスメートを見舞っているのよ」

「それは、どうして分かったの？」

「家を出る時、そう言ってたし、実は、昨日、あなたに電話をかける前、その人の奥さんから、電話があったの」

「何て？」

「ご主人が亡くなられたことを知らせて来られた」

「いつ、亡くなられたの？」

「昨日の夜明け」

松井英子の目が一瞬宙に流れた。

「じゃ、今日あたりお通夜で、明日、お葬式……？」

「ええ……一応お知らせまで……と遠慮勝ちに日時を言われたけれど……」

「余程親しかったなら、どちらかに出て然るべきよね？　でも、知らせる手だてがないのよね？」

水江は力なく頷いた。

「で、何て答えたの？」

「ありのまま。旅からまだ帰ってないんですって言う他なかったわ。驚いてらしたけど」

「でも向こうは、ご主人に連絡はしてもらえると思ってるわね？　弔電くらいは送ってくれるだろう、とも」

「そうね。はっと気付いて、こちらへ出てくる途中郵便局に寄って送っておいた」

「ふーん」

英子は嘆息を漏らした。

「学校の方は、ちゃんとやれてるの？」

「仕事がなかったら――」

水江は語尾を引いて間を取った。

英子は水江の目が潤んだのを見て思わず視線をそらした。

「仕事がなかったら」

と水江は繰り返しハンドバッグからハンカチを引き出した。

「気が狂っていたかも知れない」

一気に続けたが、堰を切ったように涙が目尻から溢れ出した。水江は手に握りしめたハンカチを目頭に当てた。

英子は痛まし気に水江の所作を見やった。

「教師でいてよかったわ」

頬に伝ったものをハンカチの先で拭いながら水江は言った。

「生徒達の若さと明るさに癒されるから、少なくとも学校にいる間は気が紛れるのよね。

でも、家に帰ったら駄目。食事をするのも面倒臭くて……」

「この前会った時より随分痩せたんじゃない？」

「三キロ、落ちた……」

「駄目よ、ご飯はしっかりたべなきゃ。それこそ病気になっちゃうわよ」

「もう半分、病気だわ」

投げやりに言って水江は虚ろな視線を宙にさ迷わせた。

英子は返す言葉を失ってコーヒーカップに視線を落とし、所在無げにスプーンでコーヒーをかき回した。

（十四）

皇帝アレクサンドル二世が妃マリアの名を取って名付けたマリインスキー劇場は、舞台を正面に見据える一番下の階、いわゆる平土間から館内を見上げると、巨大なるつぼの底に身を沈めたような威圧感を覚える。

平土間の壁際にもボックス席が並び、その上階には貴賓席、特等席が連なり、さらに上に三段の客席が伸びている。日本式に言えば五階が最上階で、舞台を斜めに見下ろす形になるが、そこにも観客が余すところなく詰めている。

佐川と前島は平土間のはるか後ろの席に並んでかけていた。前島は若いだけに遠視が利き、オペラグラスを手にはしているものの、時に思い出したように目にあてがう程度だったが、佐川はほとんど、眼鏡のようにそれを顔から離さず舞台を見すえていた。

佐川の胸には激しい嫉妬が渦巻いていた。タチアーナ・ドリンスカヤの相手役、オネーギンを演じるバリトン歌手に。彼の如く、タチアーナの息遣いを身近に感じ、その澄んだ瞳をのぞき込み、その愛らしい口もとに自らの熱い息を吹きかけたい衝動に突き上げられていた。


オネーギンは伯父の遺産を相続したペテルブルグの富裕な青年地主で、タチアーナはオネーギンの地主仲間で親友のウラジミールの婚約者オリガの姉。出会った瞬間に二人は恋に落ちるが、オネーギンは心変わりしてタチアーナの許を去ってしまう。

やがてオネーギンは些細なことからウラジミールと決闘することになり、彼を射殺してしまい、傷心のあまりペテルブルグを去る。

六年後、ペテルブルグに戻って来たオネーギンは、タチアーナと再会、一段と美しくなっていたタチアーナにかつての恋心を呼びさまされるが、タチアーナはオネーギンの従兄弟グレーミン公爵の妻になっていた。

だがオネーギンは人妻もものかはタチアーナに求愛する。オネーギンのかつての非情を恨みながら彼への思いを断ち切れないでいたタチアーナは激しく動揺するが、夫への貞節を守り、オネーギンを拒む。

前島が、出会った早々に、〝詩小説〟という「オネーギン」の内容をかいつまんで聞かせてくれたことを佐川は今更にして感謝した。さもなければ、歌手たちのロシア語のやりとりはほとんど理解できなかったから、役者のゼスチャーから大まかに物語の展開を想像する他なかっただろう。

だが、それは佐川にとってさしたる問題でもなかった。

彼はただひたすらタチアーナ・ドリンスカヤの一挙手一投足に目を凝らしていた。ドレスの裾が翻った時にのぞく脚の白さ、胸のふくらみ、触れればさぞや柔らかな感触を指に伝えるであろう髪の揺らぎ、真珠のような白い歯をのぞかせてルージュを際立たせている唇、小鼻の尖《さき》がかすかに上を向いた愛らしい鼻、そして、何よりも、深い眼窩の奥で、ある時は喜びに輝き、ある時は悲しみに曇り、またある時は毅然とした理性をたたえてゆるぎない瞳を見詰め続けた。

前島は、オペラグラスをいっかな離そうとしない佐川に、半ば呆れ、半ば感心していた。この人は、隣に自分がいることも忘れ去っているようだ。いや、二千人近い観客の誰もその眼中にはなさそうだ。ただひたすら舞台を、そして恐らくは意中の人タチアーナのみを見すえているに相違ない。

それは、この一ヵ月間旅を共にして親近感を深めるに至っていた人物とはおよそ別人だった。肩や脚が触れ合うばかり至近の距離にいながら、不意に相手が遠い未知の世界へ飛び立って行ってしまったような疎外感を前島は覚えた。

幕間の休憩時間に共にトイレに立ったものの、前島は途中で佐川を見失った。席に戻っても佐川の姿はなく、開演ギリギリに息せき切って佐川は戻ってきた。

オペラが終わり、カーテンコールが始まった。

佐川はようやくオペラグラスを外すや、

「済まないが、楽屋へ一緒に行ってくれないか」

と言った。

「楽屋へ、ですか？」

前島は訝った目を返した。

「どうされるんです？」

「無論、タチアーナに会いに」

「でも、こんな広い劇場で楽屋がどこにあるか、分かるでしょうか？」

「さっき、インターミッションの間に下見に行って確認して来たよ。地下の一階だ」

合点が行った。佐川がいっかな席に戻って来なかったのはそのせいだったのだ。

観客はほとんど総立ちになっている。いわゆるスタンディングオベーションだ。

「今の裡に、早く出よう」

佐川が立ち上がって前島を促した。

最後部の席だけに、抜け出るのに人の目は気にならなかった。

ホールから出たところで、佐川は手にしたカメラを前島に突き出して見せた。

「取り敢えずはこれで写真を撮って欲しいんだ。彼女とのツーショットを」

「いいですが……」

前島はためらい勝ちに答えた。

「関係の無い者が楽屋へ入れるんでしょうかね？」

「まさか、ボディガードなどはついてないだろう。マネージャーはそばにいるかも知れんが」

「門前払いを食らいそうな気がします。気心の知れない見ず知らずの外国人に、簡単に会ってはくれないでしょう」

「いや、異国からわざわざ来たファンを無視することはないと思うよ」

佐川の強引さに屈した形で、前島は佐川の後についた。

「済まないが」

肩が並んだところで佐川が振り返って言った。

「はい……？」

「僕がタチアーナ・ドリンスカヤに話しかけるから、君はそれをロシア語に通訳してくれないか」

「佐川さんは日本語で話しかけられるんですか？」

「うん。質問くらいは出来そうだが、返って来た言葉はたぶん聴き取れないだろうから、会話が成り立たないだろう。それくらいなら、初めから君に通訳者になってもらった方がいいと思って」

「僕だって、ヒアリングに自信はないですよ。ゆっくり、はっきり喋ってくれれば、何とか聴き取れるかも知れませんが」

「うん、まあ、何にしたって僕よりは確かだろうから、頼むよ」

「でも、本当に、いきなり飛び込んで話ができるんですかね？」

前島の危惧は耳に入らなかったかのように佐川は足を速めた。

地下に人の気配はない——と思った刹那、背後にドタドタッと幾つもの足音が響き、二人は思わず歩調をゆるめて振り返った。目の前を、ざっと十人ほどの男女の群れが掠め去った。男たちのほとんどが長い大きなカメラを手に提げている。

「マスコミ関係者ですね」

前島が言った。

「タチアーナは彼らの対応に追われそうですよ」

「ウム」

佐川は眉を曇らせた。

前島の懸念は杞憂に終わらなかった。佐川が下見でそれと目星をつけていた部屋はドアが開け放たれて室内のひときわ煌煌《こうこう》とした明かりが通路に漏れ出ていたが、それを遮るような人だかりがドアの向こうにあった。先刻二人を追い抜いて行った連中だ。しかも大方は佐川や、佐川より五センチ高い前島より上背があるから、彼らが取り囲んでいるプリマドンナの姿はほとんど見えない。タチアーナは部屋の中央で椅子にかけているらしいことが時に人の動き具合でチラチラと見て取れる程度だ。

二人は為す術なしといった恰好で入口に佇んだ。

「二、三十分はかかりそうですね」

前島が一つ二つ嘆息をついてから言った。刹那、二人の背後で室内の何倍もの騒音が轟いた。無数の人間の足音だ。

「楽団員が戻って来たんですね」

半身になって背後を振り返った前島が言った。オーケストラボックスは舞台と平土間に設けられていたから、平土間のはるか後方の席にいた二人には彼らの頭が小さく見届けられたくらいだ。

自分たちの楽器を手にした彼らは、二人の背後をやり過ごして隣の部屋になだれを打って入って行ったが、二人に気付いて怪訝そうに目を瞬いたり、中には小首をかしげながら悪戯っぽい笑みを投げかける者もいた。

「どうします？　このまま、待ちますか？」

前島が佐川の目をのぞき込んだ。

「こっちは時間の制約はないから、待つのは一向構わないが……」

答えながら佐川は、人垣の隙間に垣間見えるタチアーナにヒシと視線を注いでいた。と、新たな騒音が背後に響いた。やはりおびただしい人の足音だ。思わず振り返った二人は、次の瞬間、幾人もの人の手に背を押され、前につんのめる形でインタビュールームと化した楽屋に押しやられた。

中年の太った女性がタチアーナの傍らを離れて新たな闖入者《ちんにゅうしゃ》の前に立ちはだかった。タチアーナのマネージャーのアンナ・パヴロヴナだ。

闖入者たちは一斉に腕に抱えて来た花束を差し出した。アンナはそれを太い腕で受け取り、ゴムマリのようにせり出した豊満な胸に抱え込んだ。

「前島君、頼むよ」

佐川は前島をつついた。

「私が日本でコンサートを二度見てぞっこんタチアーナに惚れ込んだこと、だからここまで追い求めて来たこと、ほんの少しでいいから話をしたいことを、この人に伝えてくれないか」

「あ、はい……」

前島は我に返った面持ちで一歩足を踏み出した。花束に上半身を覆われ、顔だけのぞかせたアンナが、その動きを咎めるようにチラと前島を流し見やった。

前島は更に半歩進み出てアンナに話しかけた。佐川も一歩踏み出した。

アンナは目を丸くして驚いた素振りを示しながら佐川に目をやった。佐川は慇懃《いんぎん》に頭を下げた。アンナは太い首に顎を埋めて会釈を返してから背後を振り返った。

マスコミの連中は入れ代わり立ち代わり矢継ぎ早にタチアーナに質問を投げかけている。タチアーナは短いフレーズで早口に答えている。

アンナが踵を返し、タチアーナに近付いて抱え込んだ花束を示しながら耳打ちした。

フラッシュが一斉にたかれた。

タチアーナは小首をかしげてから指を一本立てて見せた。

アンナは頷き、花束を部屋の片隅のテーブルに置くと、足早に取材陣の背後に回って佐川と前島を手招いた。

佐川に押し出されて前に立った前島にアンナが人さし指を立てて言った。

「取りこんでるから、一分だけなら、ということです」

前島が佐川に言った。

「済まん。じゃ、まず聞いてくれないか。京都のコンサートで彼女に捧げた花束に手紙を挟んでおいた。英語と、適当なロシア語で書いたが、それは伝わっているかどうか？」

歩き出しながら佐川が性急に言った。

アンナが取り持っているとは言え、取材中に割り込んで来た二人の東洋人を、インタビュアたちは一斉に咎め見た。

タチアーナは二人が接近したところで立ち上がった。並び立つと、一七二センチの佐川と肩の高さがほとんど同じだった。佐川は少し気後れしたように半歩後ずさったが、その目は食い入るように相手を見すえた。

前島が佐川と自分の名を名乗り、タチアーナに話しかけた。タチアーナはエメラルドのような――と佐川は思った――目を瞬き、一瞬視線を宙にさ迷わせてから、自得するように二度三度頷くと、短く言葉を返した。

「覚えているそうです」

前島が佐川に言った。佐川は半歩前に進み出ると、衝動的に口走った。

「私は、あなたの中に、神を見ました。だからすべてを捨てて、ロシアへ、あなたを求めてきました」

前島は唖然として佐川を見やった。タチアーナは小首をかしげ、佐川から前島に視線を転じて困惑した表情を浮かべた。前島は腹をくった。

「彼は今こう言いました」

と前置きしてから、佐川の熱いフレーズを通訳した。

「オー！」

タチアーナは大きなゼスチャーでたおやかな両腕を開いて佐川を見返した。佐川はひしと相手の澄みきった碧眼を見すえた。

アンナ・パヴロヴナが見かねたように前に進み出ると、タチアーナの腕に手をやって何やら囁いた。タチアーナは頷き、おもむろに口を開いた。

「ワタシハ、カミデハ、アリマセン。ワタシモ、カミサマニスガル、ヒトリノ、ヨワイ、ニンゲンデス。

カミヲモトメラレルナラ、ドウゾ、キョウカイヘイッテ、オイノリシテクダサイ」

前島がタチアーナの返事を佐川に通訳した。

その間にタチアーナは後ずさって椅子に坐った。アンナ・パヴロヴナが前に進み出てマスコミ関係者に何やら言った。得たりや応とばかり記者連が佐川と前島を押しのけるようにして前に進み出た。

「教会の名を聞いてくれないか」

我に返った面持ちで佐川が前島に言った。

「彼女はどこの教会へ行ってるのか……」

前島は腕を返して時計を見やった。

「一分は疾《と》うに過ぎましたから、もうタイムリミットのようですよ」

佐川は唇をかんだ。

（十五）

前島は二日後に日本に帰って行った。

取り残された形の佐川は、熱に浮かされたようにモスクワ市内の教会を訪ね歩いた。

最初に訪れたのは、高さ一〇三メートルを誇り、ロシア最大の建築物とされている「救世主キリスト聖堂」だったが、入ってすぐに後悔した。一万人を収容できるという内部の広大さもさりながら、観光客でごった返していたからである。

聖堂には椅子もベンチもなく、礼拝に集った人々は正面の祭壇に向かって立ったまま司祭の祈りを聴き、聖歌を歌っていた。白いヴェールをまとい、端然とベンチに坐して両の手を合わせているタチアーナ・ドリンスカヤの面影を追い求めてきた佐川の夢想は無残に砕け散った。

それでも彼は立ち並ぶ礼拝者の顔に背後から視線を探り入れ、礼拝が終わって聖堂を出てくる人々を、先に外に出て待ち構えた。タチアーナと似た容姿の女性も二、三いた。その度に佐川は足を踏み出したが、他人の空似と気付いて後ずさった。

最後に聖堂から出て来たのは夫婦と思われるかなり年配の男女だった。

佐川は二人に歩み寄って声をかけた。杖をついていた老女の方が先に足を止めた。

「スミマセン、オペラカシュノ、タチアーナ・ドリンスカヤヲ、ゴゾンジデスカ？」

二人は互いに顔を見やった。男の方が先にかぶりを振った。老女も右に倣えという感じで首を振った。

次の週、佐川は別の聖堂に足を踏み入れた。司祭が朗朗と長い祈りを唱えている間、佐川は頭を垂れながらも視線を左右に巡らせた。しかし、等しくスカーフを被った女性の横顔をとらえるのは至難のわざだった。

佐川は礼拝が終わるのを待ちかね、やはり先に聖堂を出て帰途につく人々を待ち受けた。タチアーナに似た女性は今度も二、三人いて佐川の胸に熱いものをたぎらせたが、近寄って見れば別人だった。しかし、そのうちの一人は、かなりタチアーナに似ていた。おまけに、マネージャーのアンナ・パヴロヴナと年恰好の似た女性と連れ立っていた。

佐川は三々五々帰路に就いた人々に身を紛らせながらそっと二人の跡を追った。

間近に迫ったところで、背後の気配に気付いたようにアンナに似た女性が振り向いた。虚を衝かれた恰好になり、視線がぶつかった。

アンナではなかった。それと気付いた時、連れの女性もこちらを振り向いた。アンナと見誤った女性が何やら囁いた直後だった。

女性はタチアーナと同じ金髪で、顔立ちも一瞬タチアーナかと見紛うほど似ていた。美しい女性だった。が、佐川に向けられた目は、タチアーナのそれのような優しさはたたえていなかった。咎めるような強い眼差しだった。

佐川は訴えるように彼女のその目を見返したが、相手はすぐに頭《こうべ》をめぐらして前方に向き直った。弾みに、金髪が肩にそよいだ。

心なしか二人の足が速まった——と感じたとき、佐川は初めて気がついた。彼女たちの周りに人影はなく、自分と二人の間隔は一メートルもなかったこと、そうして、自分はまるでストーカーのように二人の跡をつけ、恐らくは薄気味悪さを感じて彼女たちは遠ざかろうとしたことに。

佐川は我に返って足を止め、そのまま二人を見送った。五メートルも隔たったところで、アンナに似た女性がこちらを振り返った。顔を元へ戻すと、連れの女に何やら囁いた。タチアーナと似た女性もこちらを振り返った。が、すぐに前方に向き直り、年配の連れに何やら話しかけた。

二人の足取りが更に速くなったように思った。一分と経ぬ間に、はるか遠ざかった二人の姿は芥子粒《けしつぶ》ほどに小さくなった。

幾つもの聖堂を経めぐった挙句、タチアーナ・ドリンスカヤはモスクワにはいない、と佐川は結論づけた。

聖堂を訪れる度に、礼拝を終えて帰途につく参拝者の何人かを呼び止め、タチアーナ・ドリンスカヤの写真を示し、「ここにこの人は来ないか？」と尋ね回ったが、首を横に振られるばかりだった。中には、「ああ、この人は有名だから知っているが、見かけたことはない」と、束の間胸を躍らせてくれる者もあった。

ボリショイやその他の劇場を回ってタチアーナの出演するコンサートやオペラはないか問い合わせたが、その予定はない、とこれも首を振られるばかりだった。

マリインスキー劇場での一夜が、夢の中の出来事にさえ思われてきた。

六月に入って、佐川はサンクトペテルブルグに舞い戻った。タチアーナのようなVIPは首都モスクワに住んでいるはず、と前島が言った一言に固定観念を植えつけられていた、と思い至ったからだ。ペテルブルグのたたずまいこそ彼女に相応しいのではないか。あのマリインスキー劇場こそ。

北の町には白夜の季節が訪れていた。太陽は午前三時に昇り、十七時間も空にあった。市街には人が行き交い、カフェはどこも混雑していた。

マリインスキー劇場にも大勢の人間が詰めかけていた。

佐川はロビーでバレエやオペラのポスターを隈なく見て回った。だがどこにもタチアーナ・ドリンスカヤの名は見出せなかった。

インフォメーションに足を向け、近い将来タチアーナの出演するコンサートはないか尋ねた。手許のスケジュール表をひと渡り目で追ってから、受付嬢は首を振った。

佐川は所在なく日々を過ごした。ホテルのカフェでゆっくり朝食を摂り、ほとんど読めない新聞の、見出しと写真だけにざっと目を通した。それでも薄い携帯用の「露和辞典」はポケットにしのばせ、興味を引いた記事は何とか内容を把握しようとした。

専ら、芸能欄に目を通した。イベントやインタビュー、ゴシップ、慶弔にまつわる記事等は日本の新聞と同じだった。

午前の二、三時間をそうして過ごすと、やおら外に出た。

当てはあった。ペテルブルグに着いた翌日、マリインスキー劇場で空しくタチアーナの幻影を求めた後、佐川はイサク大聖堂に足を向けた。

帝政ロシアのシンボルとして一八五八年に建設されたという聖堂は、金色のドームが白い雲をたたえた紺碧の空を摩し、〝バベルの塔〟もかくやと思わせた。ドームの先端は地上から百メートル余りだという。見上げた佐川は一瞬目まいを覚えた。

大勢の観光客でごった返している。その大半は展望台になっているドームが目当てのようで、らせん階段を昇っている人の数は数え切れないほどだ。

佐川はその昔読んだ芥川龍之介の『蜘蛛の糸』を思い出した。上へ上へと上がっていく人々が数珠つなぎのようになったらせん階段が、一本の蜘蛛の糸のように思われた。

(その先に天国などないぞ。まして神を見出すこともできまいに)

人々を見上げて毒づくと、佐川はミサの行われる聖堂を捜した。

しかし、どこにもそれらしきは見当たらない。そもそもが聖堂の入口で入場券を買わされたことからして奇異な感じがした。礼拝の席で献金箱が回ってくるのは致し方ないとして、教会へ入るのにチケットが要るなどは初耳だ。背後で日本語が聞こえた。振り返った佐川の目が若いカップルのそれとかち合った。

佐川は二人に近づいて、礼拝はどこで行われるのでしょうね？　と尋ねた。男の方が答えた。この聖堂は観光客用の博物館みたいになっていて、礼拝は外に出た敷地の一角にあるようですよ、と。佐川は目から鱗《うろこ》が落ちた思いで男に礼を言って外に出た。聖堂の北東に位置するところにそれらしき建物があった。チケット売場らしきものはなく、ドアはあけ放たれ、内部が見渡せた。

ここでも人々はやはり立ったまま司祭の祈りに耳を傾け、ブサローム（聖歌）を歌っている。

司祭の祈りが終わり、別の司祭が二、三人、長い金色の鎖のついた振り香炉を前後に大きく揺らしながら会衆の間を回った。霧のような白い煙が人々の頭上に舞った。会衆は思い思いに十字を切った。

佐川はひとり疎外感をかみしめながら佇んでいた。

礼拝が終わると、ひと足先に礼拝堂を出て入口の脇に立ち、後から出てくる人々に視線を送った。

タチアーナと年恰好、風貌まで似た女性がやはり二、三人いた。だが、他人の空似と悟るまでにさほど時間はかからなかった。

最後の一人を見送った時、それと確かめるために礼拝堂の奥を探り見た佐川の目が、ゆっくりとこちらへ向かって来る二人の司祭のそれとぶつかった。

佐川はある衝動に突き動かされ、礼拝堂にとって返すと、二人の司祭に近付いた。

「チョット、オタズネシマスガ……」

訝って足を止めた二人のどちらへともなく佐川はロシア語で話しかけた。

「ナンデショウ？」

背の高い方の司祭が答えた。

「コノキョウカイニ、タチアーナ・ドリンスカヤ、トイウオペラカシュハコラレナイデショウカ？」

二人は顔を見合わせ、何やら目配せし合ったが、ややあって、今度は背の低い方の司祭が口を開いた。

「トキドキ、キテイマシタガ、ココシバラクハ、ミマセン」

佐川の心臓がはっきり音を立てた。驚きの余り、二の句が出て来ない。

二人の司祭はまた互いに目配せし合った。それから、示し合わせたように佐川の目をのぞき込んだ。他に何か尋ねることがあるのか、とでも言うように。

「スルト、カノジョハ、コノペテルブルグニスンデイルノデスネ？」

佐川はようやく二の句を継いだ。

背の高い司祭が肩をすくめ、体の脇で両手を上に向けた。

「ワカリマセンガ、タブン、ソウデショウ」

日本の教会だったら、信徒の住所録のようなものが控えてあるはずだ。観光客も交え、不特定多数の人間が自由に出入りするロシアの教会にそのようなものはないのだろうか。問いただしたい衝動に駆られたが、それをロシア語で話すだけの語学力が無い。前島がいてくれたらと、日本に帰ってしまった青年を懐かしんだ。

しかし、やっとつかんだ情報を、乏しいままに持ち帰る気にはなれなかった。

佐川は食い下がった。たどたどしいロシア語で、ゼスチャーを交え、「この教会に信徒の住所録はないのか？」と尋ねた。

二人の司祭がまた顔を見合わせ、示し合わせたように肩をすくめ、腕を広げて剽軽《ひょうきん》な仕草を作った。そうして、これも示し合わせたように、佐川に向き直ると、大仰に眉を吊り上げて首を振った。

（十六）

タチアーナ・ドリンスカヤが時にイサク大聖堂の礼拝所に姿を見せていた、との情報は、佐川の胸に明るいものをもたらした。

いちるの望みを抱いて、彼は足繁く礼拝堂に通った。

傍ら、マリインスキー劇場にも足を向けた。新しいポスターを見つける度に、タチアーナの顔がそこにないか探った。

インフォメーションにも赴き、タチアーナの出演する出し物はないか尋ねた。

電話帳を繰ることも思いついたが、タチアーナ・ドリンスカヤの名は見出せなかった。

胸をドキンドキンと弾ませながらの試みが徒労に終わった時、芸能人の名が一般の電話帳に載っていることはあり得ない、と思い至った。

ホテルでの朝食を済ませると、佐川はロビーのソファーにもたれ込んで手当り次第に新聞を広げた。

見出しくらいは読みとれるようになっていた。政治、経済にまつわる記事は素通りし、専ら芸能欄に目を通した。映画にまつわる記事が主だったが、時にオペラ関係のそれも載っている。プリマドンナとおぼしき女性の写真が目に入った時は、一瞬、襟を正した。

だが、まるでこの世から消え失せたように、タチアーナ・ドリンスカヤの顔はおろか名前も見出せなかった。

一ヵ月余りが過ぎた。シベリア鉄道から見た雪景色が遠い日の映像のように想起される。

佐川はモイカ川に面したケンピンスキー・モイカーホテルからルネッサンス・サンクトペテルブルグ・バルティック・ホテルに移っていた。まだオープンして五、六年しか経っていない。居を移した理由はただ一つ、そこがイサク大聖堂と目と鼻の距離にあったからだ。

三階の、聖堂の入口に面した部屋を彼は希望した。窓際に立てばそこに行き交う人々の姿を見て取れる。肉眼では顔の造作までは見極められないが、オペラグラスを用いれば充分だ。

聖日礼拝の朝、佐川は窓辺に椅子を寄せ、階下の通りを礼拝堂へ向かう人々をオペラグラスで眺め続けた。一時間後、ミサの終わる頃合いを見計らい、今度は礼拝堂から出てくる人々を追った。

マリインスキー劇場のインフォメーションでも、タチアーナの消息を探り続けた。自国での公演がないのは、ひょっとして海外に出向いてしまったのかもしれない。それならそれで納得がいくが、せめてその手掛かりなり得られればと願った。

「ガイコクノコウエンノコトマデワカリマセン」

すっかり顔なじみになって、当初の事務的でクールな対応から幾らか愛想良くなっていたが、それでもやはり事務的な口調はそのままに受付嬢は言った。

更に一ヵ月が過ぎ、八月に入って白夜の季節も終わった。陽は二時間ほど遅く昇り、早く没するようになった。

いつものように朝食を終え、ロビーで朝刊を広げていた佐川に、週に何度かは会釈を交わすようになっていたベルボーイが近付いた。

「おはようございます」

と、日本語の挨拶を口にしてから、ボーイは手にしていた封書を差し出した。

前島浩二からだ。

別れた後、数日して前島から、大阪城が紺碧の空に映えている絵葉書が届いた。意外に達筆な筆跡で、世話になったことへの礼が認められてあった。その後女神には会われましたか？　と最後に書かれてあるのを、佐川は皮肉とは取らなかった。前島はそんなシニカルな青年ではないと信じられたからだ。

ペテルブルグでのホテルの移動の折には、その都度前島に絵葉書を出して知らせていた。旅の行きずりに知り合っただけだが、運命的な出会いのようにも感じた。自分にもし年頃の娘がいたら、前島のような男と結婚したらいいと勧めただろう。そう思った時、不慮の事故で幼い生命を散らした娘を思い出し、肌身離さず持っている写真を取り出して見入った。

(お前があんな死に方をした時、お父さんの人生はもう半分以上終わったんだよな)

おかっぱ頭の愛くるしい娘に、こう話しかけた時、熱い塊が胸の奥からこみ上げ、佐川は何十年振りかに慟哭《どうこく》した。

(会いたいよ、真知子。お前にもう一度会わせてくれるなら、お父さんは神様を信じ直してもいい)

佐川は少し震える手で前島の封書を開いた。

便箋が二枚出て来た。二つ折りにされたそれを開くと、別の紙片がこぼれ落ちた。

新聞の切り抜き記事をコピーしたものだ。記事は二段抜きで、ロシア語のそれと知れた。冒頭の見出しに赤の傍線が付されている。前島が付けたものだ。

〝タチアーナ・ドリンスカヤ〟の名は読み取れたが、次が分からない。部屋に戻れば辞書がある。しかし、気が急いた。前島の手紙に記事にまつわる説明があるはずだ。

便箋に目を走らせた。先生の転所通知の絵葉書を嬉しく拝見云々の挨拶めいた文が数行続いた後、「今日は悲しいニュースをお知らせしなければなりません」と、行を改めての前置きに続いて、衝撃的な内容が綴られていた。


僕は大学の図書館でロシアの「イズベスチア紙」に目を通すのを日課としているのですが、今朝の新聞に同封のような記事を見出し、アッと驚いたのです。

何と、佐川さんの憧れのプリマドンナが〝急性骨髄性白血病〟のため入院した、との記事でした。

早速インターネットでこの病気のことを調べましたが、相当に厳しいことが書かれていました。唯一望みのある根治療法は骨髄移植とか。

タチアーナさんにも多分この骨髄移植が施されるのではないでしょうか?

佐川さんの為にも、彼女の一日も早い回復を祈らずにはおれません。

この事実を知られたら、多分佐川さんは居ても立ってもおられなくなり、彼女の病床をすぐにも訪ねたい衝動に駆られるのではないかと思います。

でも、残念ながら、入院したとは書いてあっても、病院名までは書かれてありません。大学病院か、がんセンターのような所に相違ありませんが、万が一居所が判明しても、面会謝絶になっていると思います。

今後の消息は、そちらの新聞の芸能欄に頼るしかないと思います。あるいは、日本の週刊誌のようなものがあればですが……。

僕もイズベスチア紙には毎日目を通していますので、何か新しい情報が入ったらお知らせします。


前島の推測通りだった。大きな衝撃が収まると、佐川は得体の知れない焦燥感に駆られ、席を立った。

部屋に戻ってテーブルの前に坐ると、露和辞典を引き寄せ、前島の手紙に同封されていた新聞記事の和訳に取りかかった。

断片的にしかつながらなかったが、それでも大まかに読み取れた。

マリインスキー劇場での公演後間もなく体調を崩し、入院、精査の結果〝急性骨髄性白血病〟と診断された。故に、一年後までスケジュールに組み込まれていたコンサートはすべて中止となり、代役が立てられる模様云々――。
佐川はペンを探り、今度は〝和露辞典〟と首っぴきになってロシア語で手紙を綴りにかかった。

マリインスキー劇場の楽屋で交わした会話を頼り所に、サンクトペテルブルグの聖堂を経めぐってあなたの姿を追い求めた、イサク聖堂の司祭から僅かに手がかりを得たが、それでもあなたの消息を摑み得なかった、しかし、あの時楽屋に同行した青年が思いがけない情報をもたらしてくれ、これまで空しい日々を送った理由に思い至った、どうか、元気になって下さい、あなたをこの世で見られなくなったら、私の人生はもう暗黒です、あなたは、辛うじて私を神につながらせてくれている存在ですから……。

（十七）

イサク大聖堂の礼拝所に時々姿を見せていたからには、タチアーナはサンクトペテルブルグの住人に相違なかった。佐川は電話帳を繰って、ペテルブルグ大学病院他、これはと思う病院に手当たり次第電話を入れ、T・ドリンスカヤなるオペラ歌手が入院していないか問い合わせた。

丸半日かけた試みはすべて徒労に終わった。タチアーナは女優ではないオペラ歌手だから、よもや芸名ではない、本名に違いないが、ひょっとして偽名を使って入院しているかも知れない。と、なれば、お手上げだ。

電話をかけまくっていた時の興奮が、底知れぬ虚脱感にとって代わった。

佐川は放心状態でベッドに身を投げ出し、いつしか眠りに落ちた。

一時間後に目覚めたが物憂い倦怠感が絡みつき、それが抜け切るまでグズグズと寝そべっていた。

（モスクワだ！）

ぼんやりとした頭のどこかで、天啓のように閃《ひらめ》くものがあった。

（骨髄移植のような高度医療は、モスクワの大病院でなければできまい）

いつか何かで読んだ記事が蘇った。ロシアの軍事力は米国と肩を並べて世界最強を誇るが、医療レベルは日本や欧米よりはるかに劣る、医師の大半は女医で、しかも看護婦上がりの者が少なくないからだ、と。

時計を見た。午後五時にさしかかろうとしている。

佐川はホテルを出て広場をよぎりイサク大聖堂に赴いた。

相変わらず観光客で賑わっていたが、彼らの目当ては大方ドームに巡らされた展望台だ。そこからは三六〇度のパノラマが見渡せる。

かつて、礼拝堂に空しくタチアーナの姿を求めた後、一度だけ展望台に上がったことがある。その時も、今も、物見遊山のツーリストたちとは裏腹に、重く沈んだ気持で、聖堂の華麗なたたずまいと、フィンランド湾に注ぎ込むネヴァ川の流れをぼんやりと眺めやった。

展望台は午後六時に一旦閉鎖される。七時に再び開かれ、翌朝四時まで入場できる。夜の帳が降りるとライトアップされ、聖堂全体が蒼白く浮かび上がる。佐川は夜な夜なそうしたこの世のものならぬ光景をホテルの窓から眺めながら眠りに就いた。

聖堂を出るとネフスキー大通りを真っ直ぐ東に向かった。昼食は抜いているのに空腹感はさほどない。バタ臭いロシア料理を口にする気にはなれなかった。

モイカ運河を横切った時、ふっと前島の顔が浮かんだ。この運河をドストエフスキーは愛したそうですね、と前島がガイドブックの一頁を示して話しかけたことを思い出したからである。運河を過ぎると、目の前にカザン聖堂が立ちはだかった。しかし、イサク大聖堂のような威圧感はない。両腕を伸ばしたような長い回廊のせいだろう。

ロシア正教会には珍しいカトリック風の列柱が、芝生の敷きつめられた広場を囲んで並び立っている。

時の皇帝パーヴェル一世が、バチカンのサン・ピエトロ大聖堂を模して造るよう命じた。イサク大聖堂より半世紀早く、十年の歳月をかけて一八一一年に完成された。ソ連時代は〝無神論博物館〟と銘打たれたが、ソ連崩壊後ロシア正教会に復された。

イサク大聖堂が観光客用の博物館と化して、礼拝は別棟で行われているのに比し、カザン聖堂は礼拝所そのもので、だれでも無料で自由に出入りできる。

ここにも佐川はタチアーナの面影を求めて幾度か通いつめた。その度に打ちのめされ、空虚な思いで広場の芝生に身を投げ出したりした。

カザン聖堂の近くに日本料理店があるのを知った。前島を伴って一度来たことがある。

店主は恰幅の良い四十前後の大柄な男で、若い時にシベリア鉄道に乗ってロシアを旅したことがきっかけで、最後にたどり着いたペテルブルグに魅せられ、数年後、日本で寿司職人としての修業を積んでから異郷の地で店を開いたという。

店はいつも込んでいて、日本人の客もよく見かけた。前島と変わらぬ年頃の若い男女が多かったが、時には佐川の年代に近い中高年者も見かけた。

若い連中の口からは、ドストエフスキーやトルストイ、ツルゲーネフ、プーシキンらの名が飛び交った。こうした文豪たちの足跡を訪ねた話題で盛り上がっているのだ。

ペテルブルグに魅せられたからにはマスターも結構文学青年だったのでは？　と、挨拶代わりに問いかけたが、マスターははにかんだように首を振った。僕はただ旅行マニアで、あちこち行った挙句、ここが一番落ち着けそうな気がしただけで……それと、女房と知り合ったのがこの町だったもんで――と傍らの女性を見やった。青い目をした外人だった。マスターと揃いの、合わせの部分がサーモンピンク色の薄紫の作務衣がよく似合っている。後ろにまとめた金髪とも絶妙のコントラストをなし、その白い肌を際立たせていた。アッと目を引くほどの美貌ではないが、十人並みの愛くるしい顔立ちで、人柄も良さそうだ。

佐川はマスターに羨望を覚えた。ペテルブルグのいずこで彼女と知り合い、いかなる経緯で結婚にこぎつけたのかを知りたかった。

「彼女はイサク聖堂の展望台のチケット売り場にいたのです。日本人の観光客も多いので日本語も多少通じて、コンニチハ、とニッコリ笑ってくれたのです。その笑顔に魅せられて、それからはもう猛アタックです」

マスターは簡単にこれだけ言ってニッと笑った。後は言わずもがな、という感じだったが、佐川にはそれで充分だった。要するに一目ぼれして猪突猛進した、それは他でもない、タチアーナ・ドリンスカヤを追い求める自分の心境と酷似したものだったからだ。

佐川はいっそ、自分も一人のロシアの女性に魅せられ、家庭も故国も捨ててこの異郷に来た、あなたのように、ここでその女性と結婚して残る生涯を共にしたいと焦がれるまでに思い詰めている、力になって欲しい、もしタチアーナを知っているなら、この思いを彼女に伝えてくれないか、と訴えたかった。ペテルブルグに住んでいるなら、ひょっとして彼女はこの店に来たことがあるかも知れない。

「名前はどこかで聞いたことはありますが、生憎《あいにく》、そっちの方面には疎《うと》いもので……」

かくかくの女性を知っているか、との佐川の問いかけにマスターは片方の口角を上げ、苦笑気味に返した。

「奥さんも、知らないかな？」

佐川は畳みかけた。

マスターが傍らの妻に話しかけた。

「タチヤーナ・ドリム……？」

妻君は首を傾けて夫を見返し、次いで佐川を見やった。

「タチアーナ・ドリンスカヤ」

佐川はゆっくりと返した。マスターは「どうだ？」とばかり妻の目をのぞき込んだ。

彼女はうっすら笑いながら小さく首を振った。

「日本の若い女性もオペラ歌手のことは余り知らないでしょうからね」

ありありと失望の色を佐川の顔に見て取って、前島が慰めるように言った。佐川は憮然と押し黙り、早々に店を出た。


その店にはそれっきり足を向けたことはなかったが、さほど空腹感を覚えない腹には寿司が手頃だと思いついたのだ。「寿司 Cyen」の看板を横目に、和風式の玄関の戸を開いた。

客が日本人と見てマスターが威勢良く「いらっしゃい！」と声を放ったが、佐川と気付いてやや怪訝な顔を作った。

「またご出張でこちらへ？」

「ええ、まあ……」

佐川は曖昧に答えた。ずっとこちらにいたとありのまま返したら、この店にあれから一度も寄らなかったことをマスターは不快に感ずるだろう。

「商社関係のお仕事で？」

カウンターにかけたところでマスターが問いを重ねた。

「いや、ちょっと調べたいことがあってね」

さすがに「ええ、まあ」とは返せなかった。どこの商社かと詰問されたらボロが出る。ロシア人の妻がおしぼりと茶を運んで来た。佐川はおしぼりでゆっくり顔と首筋を拭いながらそれとなく店内に目をやった。客の入りは半分程度で、初めて来た時に比べればうんと少ない。

店は寿司の握り用のカウンターの他にテーブル席もあって、天婦羅やカツ重をつついている客もいる。箸を使っているのは日本人と中国人で、ロシア人の客はフォークとナイフを操っている。

佐川は〝握り〟を注文する時だけ声を放ったが、後は黙々と食べ、茶をすすった。その実、ある衝動がマグマのように胸に突き上げていた。立ち上がって店内の客をねめ回し、

「誰か、タチアーナ・ドリンスカヤの入院先を知りませんか？」

と叫びたかった。

半時後、佐川はあらぬ妄想を断ち切って店を出た。

ネフスキー大通りを東へ進み、ほどなく右へ曲がってサドーヴァヤ通りを南へ下った。十字路を二つ三つよぎったところで視野が開けた。センナヤ広場だ。

ドストエフスキーの足跡を辿ってみたいです、と言う前島に引かれてここへ来た。中央まで来て青年は足を停め、四方を見渡してから佐川に向き直った。

「ラスコーリニコフはソーニャ・マルメラードフに促されてここへ来るんですよね？」

「あー、そうだったかね？」

佐川が『罪と罰』を貪るように読んだのは中学三年の時だ。ラスコーリニコフとソーニャ・マルメラードフの名は前島に劣らずスラスラと口を衝いて出るが、地名までは覚

えていない。しかし、ソーニャに老婆殺しの罪を告白したこと、ソーニャがそれに返した言葉はしかと記憶にある。

「大地に接吻し、罪の許しを乞いなさい、てソーニャは言ったんだよね？」

「ええ」

「その大地とはここだったんかね？」

「ええ。ラスコーリニコフはソーニャに言われた通り、ここに跪《ひざまず》いて地に接吻し、それから、自首するために警察署に赴くんです」

前島の声は上擦っていた。青年の興奮が遠い記憶を呼び醒ました。その頃佐川はまだ純粋に神を信じ、就寝前の祈りも怠らなかった。しかし、『罪と罰』に読み耽った夜は、祈りも忘れ、打ち震える魂の戦《おのの》きに身を委ねていた。

「どんな風に接吻したんでしょうね？」

前島が不意に屈み込んで、格子模様の入ったコンクリートの床に片膝を突き、両手も突いた。短距離走のランナーのように。

「いや、これでは接吻できないな。こうですかね？」

前島は両腕を折り畳み、イスラム教徒のように両の腕も前方に投げ出し、額を床に押しつけた。

「コンクリートじゃ〝大地〟て感じはしないよね。当時はまだ土の広場だったんだろうな」

前島のパフォーマンスを怪訝な、あるいは好奇の目で流し見る観光客を気にしながら、佐川はうつ伏せになった青年の肩の辺りに言葉を投げた。

前島が、我に返ったように上体を起こした。

「確かに、そうですね。あんな近代的な建物もなかったでしょうし……」

前島は正座のまま前方の五、六階建ての建物を指し示した。

「あー、でも、一瞬、ラスコーリニコフに化身したような心持ちになりましたよ」

前島が〝破顔〟と言うに相応しい笑顔を振り向けた。

青年の感性の豊かさにかつての自分と同じ危うさを垣間見ながら、佐川はその純粋さを好ましく思った。

「ラスコーリニコフが大地に接吻する場面は、世界文学の中の白眉だよ。そのシーンだけでもドストエフスキーが『罪と罰』を書いた甲斐はあっただろうね」

「そうですね。本当にそうです」

前島はズボンの埃を払いながら立ちあがってコクコクと肯いた。

「僕はまだそんなに本を読んでいる訳じゃないから偉そうなことは言えませんが、やっぱりドストエフスキーは、トルストイと並んで世界文学史上の双璧だと思います。そしてこの、センナヤ・プローシャチでの接吻の場面、それに到る、ソーニャ・マルメラードフにラスコーリニコフが老婆殺しの罪を告白する件は、最も崇高なひとコマだと思います」

青年の興奮に煽られるように、佐川は言葉を返した。

「もうひとり、寡作だが、『罪と罰』や『復活』に匹敵する傑作をものにした作家がいるよ」

「ドイツのゲーテか、ヘルマン・ヘッセですか？」

「いや、アメリカの作家だ」

「アメリカ、ですか？　生憎僕はアメリカの文学には疎いです。でも先生の専門分野ですね？」

禁句としたはずの〝先生〟と呼ばれて佐川は面映ゆいものを覚えた。

「いや、さほどのことはないが……ナサニエル・ホーソーンという作家は知らないかな？」

「はい、すみません」

「彼はドストエフスキーより少し前の人かな？　でも、ほぼ同時代人のはずだ。十九世紀に生まれて亡くなった人だから」

「ドストエフスキーは一八二一年に生まれ、六十歳で亡くなっていますが」

「そうか――いや、実は、ホーソーンも六十歳で死んでいるんだよ」

「えっ、そうなんですか……」

「今の私の年だ。つまり、還暦だね」

佐川は初めて自分の年齢を明かした。前島が少し驚いた顔をした。

「で、そのホーソーンの書いたものに『スカーレット・レター』、邦訳はそのままで『緋文字』という作品がある」

「はあ……」

「後に作家としても文芸批評家としても大家となったヘンリー・ジェームズがこの作品を評してこう言っている。歴史の浅い新世界、つまりアメリカが、長い歴史と伝統を誇る旧世界、つまりヨーロッパに向かって堂々と送り出せる、真に文学の名に値する作品だ、と」

「凄い賛辞ですね」

「賛辞者はヘンリー・ジェームズばかりではない。ホーソーンは最初この小説を妻のソフィアに読ませたんだが、彼女は感動の余り興奮して何日も眠れなかったそうだ。大体身内の人間は最も辛辣でシニカルな批評家になり勝ちなんだがね」

「感性が似通っていたんでしょうね。それにしても、自分の妻が最大の理解者であり賛美者であるというのは素晴らしいですね」

「物語全体に惹かれたんだろうが、彼女が眠れぬほど興奮したのは、恐らく『緋文字』のクライマックスと言えるある件《くだり》だと思うんだ。それは多分、私が幼少時から強迫観念的にさいなまれた罪の意識から解き放ってくれた件と一致しているような気がするんだ。ラスコーリニコフがセンナヤ広場に跪いて大地に接吻する場面に匹敵する、文学史上至高のひとコマだね」

「分かりました。帰ったら早速『緋文字』を読んで、僕なりの感想を書かせてもらいます」

「うん、楽しみにしてるよ」

和食で食事を摂った帰途、センナヤ広場に足を向けた佐川は、いつぞやここに佇んで交わした前島浩二とのやり取りを想い返した。

別れてからまだ十日もたたない頃、止宿先のホテルに前島から電話がかかった。

「『緋文字』、読み終えました」

皮切りの声は、興奮気味に上ずっていた。

「仰っていた件、絶対にここだと思います」

佐川はその熱い口吻に気圧されながら、

「フム、どこだろう？」

と、返した。期待と不安が胸を行き交った。

「牧師アーサー・ディムズデールが、かつて魔女狩りが行われた処刑台に姦淫の相手ヘスター・プリンと二人の間に出来た娘パールと共に上がって、七年間秘め続けた姦淫の罪を公衆の面前で告白する場面じゃないでしょうか？」

佐川の胸に熱いものがこみ上げた。青年の感性が自分のそれと一致することを知った喜びだった。

佐川がそれを伝えると、前島は更に滔滔と『緋文字』の読後感を語った。

「この作品を教えて頂いただけでも、先生とお会いした甲斐がありました」

前島はこう言って、話を締めくくった。

センナヤ広場に辿り着くと、前島と二人で並び立ったと思われる地点で佐川は足を止めた。

一点に佇んだまま、しばらく前後左右を行き交う人々を見るともなく見やっていた。何をするでもなくただボーっと佇んでいる初老の東洋人を、胡散臭気《うさんくさげ》に、あるいは好奇の目を流しながらやり過ごしていく者もあった。

やがて、佐川の周りの人の往来が乏しくなった。少なくとも十メートル四方に人影はない。それと見届けて、佐川はかつて前島がそうしたように、おもむろに身を屈め、片膝を地についた。

やや離れたところで一人二人、足を止めてこちらに視線を流す者がいた。だが、佐川は構わず上体を屈して片手を地に置くと、掌をしっかと地に押し当てながら呟いた。

「さよなら、サンクトペテルブルグ」

（十八）

モスクワに戻ると、佐川はその足でイズベスチア紙の本社を訪れた。ホテルの前でタクシーを拾って行く先を告げると、運転手は「うんうん」とばかり愛想良く頷いた。

「チューゴク？　ソレトモ、ニホンカラ？」

車が走り出したところで運転手がバックミラーを見ながら問いかけた。

「ニホンカラ」

と佐川はバックミラーの目に答えた。

「モスクワハ、シゴトデスカ？　カンコウデスカ？」

矢継ぎ早に質問が飛んでくる。ロシア人は意外と社交的だ。シベリア鉄道で出会った二人のロシア人もそうだった。

だが、この質問には即答しかねた。

「ドチラデモナク、アルヒトヲタズネテキタンデス」

片言のロシア語が通じているかどうか心許なかったが、運転手は「フムフム」とばかり顎をしゃくった。

「シンブンシャニ、ソノヒトガイルンデスネ？」

（ああ、そうだったらどんなにか幸せだろう）

胸の内に落とした独白を、佐川はそのまま口から吐き出したかった。

「アナタモ、ニホンノシンブンシャノカタ？」

佐川が答えをまさぐっている間も、待ち切れぬとばかり運転手の口から二の句がついて出た。佐川は首を振って
「ニエット（違います）」と言った。

運転手は肩をすくめた。

「デハ、シンブンシャニハ、ナニヲシニイクノデスカ？」

当然の疑問だ。

佐川はギアチェンジを試みた。車は広い道を走っており、さして混んでもいないから、運転手が片手を放すゆとりはありそうだ、と踏んだ。

「コノヒトノコトヲ、タズネニイクノデス」

脇に置いてある鞄からパンフを取り出すと、シートにのしかかるようにしてそれを運

転手の顔の横に突き出した。

「コノヒト、シッテルヨ」

運転手はチラと流し見てからパンフを佐川に戻して言った。

「ユウメイナオペラカシュダガ、イマ、ビョーキデニューインチュウダヨネ」

佐川の胸が怪しく波打った。

「ドコニニューインシテルカ、シリマセンカ？」

バックミラーの顔が苦笑した。

「サー、ソレハワカラナイ。ダイガクビョウインダロウケドネ」

「モスクワダイガク、デショウカ？」

運転手は小首をかしげた。

「タブン、ネ。デモ、オキャクサンハ、ナゼシンブンシャニ？」

「シンブンシャニタズネレバワカルトオモッテ……」

運転手がまたミラーの中でコクコクと頷いた。

「オキャクサンハ、コノオペラカシュト、ナニカ、ゴエンガ……？」

何もない。単なる一ファンだが、たまたまモスクワに来たので見舞いに行きたい、しかし、どこに入院しているか分からないから、新聞社に尋ねれば情報が得られるかもと思って——と、佐川は途切れ途切れに説明した。

「アー、ソレデネ」

納得したように運転手は太い首を上下させた。

「デモ、ゲイノウジンノプライバシーヲ、シンブンシャガオシエテクレルカナ？」

それは充分危惧するところだ——と佐川はひとりごちた。普通は駄目だろう。しかし、自分にはとっておきの秘策がある。それを持ち出せば無下に門前払いはされないだろう。

佐川の反応を探るようにバックミラーをのぞき込んだ運転手に、佐川は肩をすくめてニッと返しただけだった。

イズベスチア新聞社はモスクワ市のほぼ中心街にあったから、ものの十分ほどで着いた。

古めかしい建物だった。一階のインフォメーションカウンターで、佐川は前島が送ってくれた記事を出し、これを書いた記者に会いたいと申し出た。

受付嬢は亜麻色の髪をポニーテールにくくった三十歳前後かと思われる女だったが、幸い英語が通じた。しかし、受話器を取り上げて早口で喋り出した言語はロシア語で、佐川はその五分の一も解せなかった。

女はすぐに受話器を降ろすと、佐川に向き直り、今度は英語で話しかけた。

「何故その記事を書いた人に会いたいんですか？」

佐川は生唾を呑み込んだ。

「何とかこの人に助かって欲しいからです」

自分と彼女との間に置かれた新聞記事を指さして佐川は言った。

「白血病には骨髄移植が根治療法だと聞いています。日本ではそれによって一命を取り止めた人が何人もいます。ですから、タチアーナさんにもその方法が最善であると思い、私がドナーになってさし上げたいと思ったのです。

ついては、彼女が今どこに入院しているのか知りたいのです。この記事を書いた記者ならご存じだろうと思って伺ったのです」

受付嬢は目を丸くして佐川を見すえた。

「あなたは、ドリンスカヤさんと親しいんですか？」

「親しい――ということはありません。単なる一ファンです。しかし、私にとってはかけがえのない人です。私の唯一の希望であり、生き甲斐です。だから、何としても生きて欲しいのです。その為に、私に出来る限りのことをしてさし上げたいのです」

佐川の咆哮《ほうこう》するような訴えに気圧された格好で、女は無言のまま小さく顎を落としてから再び受話器を取り上げた。

佐川は息を弾ませながら、俯いたためにせり出した女の額と、その下で深くかげった眼窩に目を凝らした。

長い時間に思われたが、実際は二分ほどで女は受話器を下ろし、顔を上げた。

「今担当のデスクが来ます。そちらでお待ち下さい」

女は佐川の背後のロビーを示した。

佐川は礼を言って退くと、小さなテーブルをはさんだ一対のチェアの一つに腰を下ろした。他に五つ六つ同様の、あるいは三、四人用のテーブルとチェアがあったが、既に大方占められている。日本人ではない東洋人、ロシア人ではない西洋人と思われる風貌の持主も幾たりか交じっており、ロシア語でない言語も耳に捉えられた。

気が遠くなるような長い待ち時間だった。時々佐川は不安に駆られてインフォメーションカウンターの方に目をやった。件《くだん》の受付嬢は絶え間なく来訪者とやりとりしており、佐川の流す視線と彼女のそれがかち合うことはなかった。

無性にのどが渇いた。一方で尿意も催した。日本で見るようなミネラルウォーターの自動販売機とトイレの指標はないか探したが、それらしきは見当たらない。

佐川はインフォメーションカウンターに目を遣った。もし人がいなければ、受付の女に尋ねてみようと思い立ったのだ。

が、彼女の顔は背の高い、カジュアルなジャケットとズボン姿の男の陰に隠れている。男が半身になってこちらを振り向いた。女の上半身が現れた。その手が佐川の方にさしのべられている。一瞬、目が合った。

佐川は踏み出そうとした。刹那、男が頷いてこちらに近付いてきた。

「サガワさん？」

男は一歩詰めればぶつかる間隔を保って足を停め、尋ねた。

「ダーヤ」

佐川はロシア語で答えた。男は小首を傾げた。

「ロシア語、話せるんですか？」

意外に流暢な日本語だった。佐川は慌てて首を振った。

「ほとんど話せません。あなたは、日本語がお上手ですね」

「サハリンに二年ほどいました。そこで日本人と会話を交わす機会があり、日本語を覚えました。ま、どうぞ」

男は椅子にかけるよう手でゼスチャーし、自らさっさと腰を落とした。そうしてジャケットの内ポケットから小さなメモ帳のようなものを取り出し、テーブルの上に置いた。

「あなたの名前と、年齢、日本のどこから来たか、書いて下さい」

男はメモ帳をクルっと一八〇度回転させて佐川の方に押しやると、ボールペンも差し出した。

Tetutaro Sagawa, 60, Tokyo

と書いて佐川はメモ帳とボールペンを男に押し戻した。

男はメモ帳を手許に引き寄せてのぞき込んだ。それから頁を繰って新たな紙にサラサラっと自分の名を綴って佐川に差し出した。

「私はピョートル・ネステレンコ、芸能部のデスクです」

佐川はロシア語で書かれた相手の名を胸の中で反芻した。

「ところで」

と、ネステレンコがボールペンを握り直して言った。

「あなたは、家族は？　奥さんと、子供さんは、いますか？」

佐川は一瞬ためらってから、小さく首を振った。

「いません」

ネステレンコは茶色の眉を吊り上げた。そう広くない額に三本横皺ができた。佐川は二の句を継いだ。

「子供はいましたが、小さい時に、死にました。妻とは、少し前に、別れました」

ネステレンコはペンを走らせてから上体を引き、胸の前で腕を組んだ。

「奥さんと別れたことに」

組んだ胸の先、つまり右手の指で顎をしごきながら、男はやおらという感じで言葉を継いだ。

「タチアーナさんは関係していますか？」

ああそれほどに濃厚な関係だったら、そして、いかにもと頷けたら、どんなに幸せだろう――佐川は胸の中でこう独白を落としてから、ゆっくり頭を振った。

「タチアーナさんは、あなたのことを知っていますか？」

ネステレンコは再び手にしたボールペンを逆さに立ててメモ帳をつつきながら尋ねた。

「たぶん、知っているはずです」

一瞬宙に目をやってから佐川は答えた。

「どこで、どのように知り合われたのですか？」

「日本での彼女の公演の時です。東京と京都と二度……京都の公演の時、彼女に手紙を渡しました。そして、三度目は、ペテルブルグのマリインスキー劇場で、公演の後、楽屋に彼女を訪ねました。彼女は、京都で渡した手紙のことを覚えていてくれました」

ネステレンコは佐川の語るところをフムフムとばかり頷きながらメモしていたが、佐川が口を閉ざすと、ペンを置いて胸に腕を組み、片方の手の先で顎をしごいた。

「その手紙には、どんなことを書きました？」

そのままの姿勢で、目だけ上げて、ネステレンコはわだかまった沈黙を破った。

「あなたは、神を信じていますか？」

佐川は切り返すように質問を放った。

「神!?」

相手は意表を突かれた恰好で腕を解き、目を丸くしながら肩をすくめた。

「さあ……真剣に考えたことがありません。どうしてそんなことを聞くんですか？」

「私は少なくともある時期まで神を信じていました。この国が生んだ偉大な作家、ドストエフスキーやトルストイが信じていたように。でも、ある事件がきっかけで、神を見失いました。それ以来、私の魂は抜け殻のようになりました。

しかし、タチアーナ・ドリンスカヤに出会った時、この世の者ならぬその美しさ、神々しさに、魂が震えました。そして、彼女の中に、見失っていた神を見出したのです」

ネステレンコは口をすぼめ、頭をブルブルっと震わせてからペンを走らせた。

「しかし」

ペンの手を休めると、今度はゆっくり小首をかしげながら口を開いた。

「タチアーナは一人の人間でしょ？　神のように永遠の存在ではない。神なら病気にもならないし、死ぬこともないでしょうが……彼女は、今、死にかけています」

佐川の目の色が変わった。

「彼女はどこにいるのですか？　モスクワの大学病院ですか？」

佐川が上体を乗り出した分だけ相手は後ろに身を引いた。

「教えて下さい。身内か、マネージャーの方に会わせて下さい」

ネステレンコはキュッと口もとを締めてから、ゆっくり首を振った。

「彼女に会うことはできません」

「なぜです？」

「面会謝絶になっています。あなたは、医学のこと、分かりますか？」

「いえ、ほとんど分かりません。白血病のことは、少し分かりますが」

「彼女は今、無菌室に入っています。抗癌剤のために白血球が極端に少なくなっているからです。あちこちから出血もしているようです」

佐川は上体を引いて椅子の背にもたれ込んだ。そういうことなので――と言わんばかりに、ネステレンコは小刻みに頷きを繰り返した。

「抗癌剤が駄目でも」

佐川はバネ仕掛けの人形のように上体を椅子の背から離した。

「最後の手段として骨髄移植があるはずです。私は六十歳ですが、幸い健康です。ドナーになれると思います。私の骨髄で、彼女を蘇《よみがえ》らせたいのです」

ネステレンコは佐川の視線を受けとめながら口をすぼめたり尖らせたりしていたが、やがて大きく、断を下した、といった趣で顎を落とした。

「分かりました。あなたのお気持を、伝えるだけ伝えてみましょう」

ネステレンコはメモ帳とペンを胸のポケットにしまい込んだ。

「私を、一緒に、病室へ連れて行って下さいませんか。ドナーがどういう人間か、見てもらう必要があるでしょ？」

ネステレンコは戸惑い気味に佐川を見返したが、ややあって、

「ニェットダー（しょうがないね）」

と、初めてロシア語を放った。

佐川の胸の奥から、熱いものが吐息と共に突き上がった。

（十九）

十分後、佐川はネステレンコの運転する新聞社の車に乗り込んだ。

線路沿いの道に出ると、左手に雄大な川の流れが視野に入った。

「モスクワ川だ」

佐川の視線に気付いてネステレンコが言った。

川は五、六キロ先で尽きて右に迂回していた。橋を渡ると緑の大地が開け、その右手前方に大きな建物が見えて来た。

「あれがモスクワ大学」

ネステレンコはハンドルから左手を放してフロントガラスの一点を指さした。

頷くと同時に佐川の胸が苦しいほど音を立て始めた。

「ゴルバチョフ大統領も、モスクワ大学出でしたよね」

何か喋れば少しはやる瀬ない胸の鼓動がおさまる気がした。

「私の大先輩ですよ」

ネステレンコが答えた。

「えっ……!?」

「いや、彼は法学部、私は文学部ですがね。しかし、彼がプレジデントになった時は興奮しましたよ。その後彼がやってのけたペレストロイカにもね」

「同感です。私は彼が再臨のキリストではないかと思いました」

「サイリン？　それは、何ですか？」

「二千年前、イエス・キリストは十字架にかかって死にましたが、自分は必ずいつかこの世に来ると預言していました」

「死んだ人が、また生き返って現れるのですか？」

「バイブルには、キリストは三日目に蘇って天に昇った、と書かれています」

「それは、いかにも非科学的ですね。あり得ない」

「そうですね。あり得ませんよね」

「ミハイル・ゴルバチョフは、偉い人だけど人間ですよ。あ、ゴルバチョフで思い出しました」

車は至近距離に迫った大学の前を右へ迂回していた。

「彼の奥さんだったライサも、白血病でした」

「えっ、そうなんですか？」

「確か骨髄移植を受けるためにドイツの病院へ行くはずでしたよ」

「何故わざわざドイツへ？」

「国内には、骨髄移植を多く手掛けている医療機関がないからでしょう」

「大学病院でも駄目だったんですか？」

「ま、元大統領夫人、かつてはファーストレディと呼ばれた人ですからね、最高の医療機関を物色したんでしょう」

「で、ドイツの病院へ……？」

「ええ。でも、容態が急変してすぐに死んでしまった。ゴルバチョフは付きっきりで看病したようですかね。愛妻家でしたからね。タチアーナ・ドリンスカヤがその二の舞にならなければいいんですが……」

大学の巨大な建物がいつしか遠退いていた。

佐川は不安に駆られて、口走った。

「大学病院に行くんじゃないんですか？」

ネステレンコは軽く首を振ると、

「大学の構内に病院はありません。モスクワ中央病院は少し離れた所にあります。ほら、あれですよ」

と、再びフロントガラスを指さした。モスクワ大学の偉容とは比べ物にならない小さな、それでも日本の大学病院よりは大きそうな建物が前方に見て取れた。

佐川の胸が今度は焦燥感で熱くなった。

「日本の医療はドイツより進んでいます。骨髄移植を手掛けている医療機関は、大学病院でなくても幾つもあります。もしこちらで駄目なら、日本で骨髄移植を受けるようタチアーナさんに勧めたいです。無論、私がドナーになりますが……」

ネステレンコはコクコクと頷いた。

「あなたのその思いが奇跡を産むことを祈りますよ」


病院の玄関をくぐって一階のロビーに入ったところで、ネステレンコは立ち止まって佐川を制した。

「ここで待っていて下さい。病棟へ行ってきます」

背を見せかけたネステレンコに追い縋るように佐川は半歩踏み出した。

「私も一緒に行かせて下さい」

戸惑いを見せかけたネステレンコに佐川は畳みかけた。

「ここでひとりあなたを待っているのは心細いです」

正直な訴えだったが、それよりも佐川は、病棟に行けばタチアーナの姿を垣間見れるのではないか、少なくともマネージャーには会えるのではないか、とのいちるの望みに駆られたのだ。

ネステレンコは一瞬思案顔を作ったが、すぐに頷いて見せた。

行き交う外来患者をかき分けるようにして廊下に入ると、突き当たりにエレベーターがあった。

先に並んでいた七、八人の後からネステレンコが先導する形で二人はそれに乗った。勝手知ったところとばかり、ネステレンコは5のボタンを押そうとしたが、既にランプは点いていた。

果せるかな、乗客の大方が五階で降り、ドヤドヤッと廊下を駆けだした。垢抜けした感じの男女だった。タチアーナのゆかりの人間だろうと憶測した佐川は、彼らの後について走り出したい衝動を覚えた。

廊下の途中にデイルームがあった。先行していた七、八人の男女の群れが早口で喋り、頷き合ってから二手に分かれ、四、五人がデイルームに入った。

「あなたもそこで待っていて下さい」

ネステレンコが佐川を制してデイルームを指さした。

先行した男女は一つのテーブルを囲んで坐り、深刻な面持ちでヒソヒソ話を始めている。

佐川は隣のテーブルに腰を下ろし、それとなく彼らの会話に耳をそば立てた。タチアーナの名が幾度も彼らの口から漏れ出た。その度に佐川は流し目をくれたが、女たちが目尻を拭ったり目頭を押さえているのを見て取った。

不吉な予感が胸を騒がせた。この七、八人の集団が単なるタチアーナの見舞客とは思われなかった。友人、知人と言うより、もっと近しい身内か、タチアーナの事務所の人間に相違なかった。タチアーナの容態が急変して急遽呼ばれたのではないか？

佐川は居たたまれなくなって席を立った。廊下にさしかかったところで、ナースステーションの方から俯き加減でこちらに向かって来るネステレンコに気付いた。

佐川は走り寄った。ネステレンコが気配を察したかのように顔を上げた。視線が合った。刹那、ネステレンコは首を振った。佐川は立ちすくんだ。ネステレンコが近付き、佐川の肩に手を置くと、回れ右を促してそのまま佐川の肩を抱くようにしてデイルームへ向かった。

「もう時間の問題で、今日にも息を引き取るかも知れないそうです」

先刻まで佐川が腰を落としていたテーブルに就いて相対するや、ネステレンコが声をひそめて言った。

「それは、どなたが……？」

佐川はネステレンコの深い眼窩をのぞき込んだ。

「マネージャーのアンナ・パヴロヴナです」

隣のテーブルの面面が一斉にこちらを流し見た。アンナの名を耳にしたからだ。

「骨髄移植のことは……？」

「話しました。あなたにくれぐれもよろしくとのことでした」

「それだけですか？」

「ライサ夫人と同じような話があったようです。しかし、やはり、もう間に合わないと判断されたようで……」

隣の男女がまたこちらに視線を流した。

「簡単に諦めるんですね」

絶望感に空虚と化した胸の底から、佐川は絞り出すように声を放った。ネステレンコが「うん？」と言うように小首を傾けた。

「彼女が日本にいたら、助かったはずです」

ネステレンコは口角をキュッと上げてから小さく頷いた。

「宇宙開発ではアメリカと並ぶロシアが、何故医療の面でそんなに遅れているのか、解せません」

佐川の畳みかけに、ネステレンコは両の掌を上に向けて腕を広げ、同時に首を二つ三つ振った。

不意に廊下をカタカタと小走りに駆けてくる靴音が響いた。と見るや、背の高いブロンドの女性が血相を変えてデイルームに走り込んで来るや、悲鳴のような声を挙げた。隣のテーブルで人々が一斉に立ち上がり、Uターンしたブロンドの女性の後を追った。

「タチアーナが急変したようですね」

ネステレンコが問いたげな佐川の目を見返して言った。

佐川は椅子を蹴って立ちあがった。ネステレンコは一瞬の戸惑いから我に返ると、走り出そうとした佐川の腕を捉えた。

「関係者以外、病室には立ち入れません。行っても無駄ですよ」

「遠くからでも、ひと目だけでも、彼女を見たいんです」

佐川はネステレンコの手を振りほどこうとしたが、立ち上がったネステレンコは両の手で佐川の腕を捉え直すと、強引にその体を椅子に引き戻した。

「今ここにいた人たちもそうでしょうが」

ネステレンコは空になった隣のテーブルを顎でしゃくって示した。

「医師や近親者たちが彼女を取り囲んでいます。彼女はまだ無菌室ですから、それこそ中には入れません。それに……」

弾んだ息を鎮めるように、ネステレンコは肩を二、三度上下させた。

「それに、彼女は痩せ衰えて、もう美しくはないでしょう。たとえ恋人にでも、自分の変わり果てた姿は見られたくなかったはずです。まして、佐川さんのように、自分の命を賭けるまでに愛して下さった人には、プリマドンナ時代の美しいイメージをそのまま残しておきたいと思うはずです」

佐川は何か言葉を返そうとして口をうごめかしたが、声にはならなかった。代わりに、唇をかみしめ、瞼を閉じた。刹那、目尻に涙が溢れやつれた頬に伝い流れた。

ネステレンコは何か不思議なものでも見るような目つきで、異邦人の静かな愁嘆の様を見すえていた。

（二十）

タチアーナ・ドリンスカヤの遺体は彼女の生まれ故郷サンクトペテルブルグに運ばれ、〝血の上の救世主教会〟の祭壇の前に安置された。葬儀はロシアの慣例通り、臨終の三日後に行われた。

このいささか不穏な名称は、急進的テロ集団「人民の意志」によって暗殺されたアレクサンドル二世の死を悼んだ息子の三世が、怨念と哀悼の意を込めて、父が血を流したその場に聖堂を建てたことに由来する。

玉ねぎ型のドームを頂いた外観は、イワン雷帝によって十六世紀に建てられたモスクワのポクロフスキー聖堂に似て純ロシア風で、西洋風の街並みを誇るペテルブルグにあってはひときわ目立つ。傍らをグリボエードフ運河が流れる。告別式の日、この運河に沿って長い弔問者の列が続いた。

佐川はネステレンコと共にこの長蛇の列に加わった。ネステレンコの目的は取材であったから、列を離れて写真を撮ったり、弔問者にインタビューしたりと、忙し気に動き回っていた。

二時間も並んでやっと佐川は棺の前に辿り着いた。タチアーナの生前の歌声が流れている。〝アメイジング・グレイス〟だ。親族とおぼしき上品な顔立ちの男女数名とマネージャーのアンナ・パヴロヴナが棺の脇に立って故人との最後の別れを終えた会葬者に会釈している。彼らに抱きついて二言三言悔みを述べている会葬者もいる。

佐川は先に棺をのぞき込んだ人々の口から死者の顔への賛辞が嘆息と共に吐き出されるのを耳に捉えていた。

「キレイネエ」

「ドウシテコンナウツクシイヒトガ！　カミサマハムジョウダワ」

会葬者の多くは女性であり、ほとんどがロシア人であったから、聴こえてくるのはトーンの高いロシア語ばかりであった。

「見ない方がいいと思うけど、どうしても気が収まらないなら仕方ありませんね」

モスクワの中央病院で別れ際、葬儀に出たい、ついてはどこで行われるか教えて欲しい、と申し出た佐川に、ネステレンコは外人特有の例の腕を広げて目を丸くするゼスチャーをしながらこう返した。それでも翌朝ネステレンコは止宿先のホテルに電話をか

けてくれ、葬儀の場所と日時を知らせてくれた。さては、

「僕も取材で行きますが、一緒に行きますか？」

と言ってくれた。ペテルブルグまでは七百キロある。てっきり列車で行くものと思ったが、荷物があるから車で行きます、五時間そこそこで着きます、とネステレンコは言った。列車並みに時速一四〇キロで飛ばす勘定だ。空恐ろしいものを覚えたが、（ままよ！）という思いが勝った。

佐川は一瞬夢とうつつの境をさ迷った。タチアーナの歌声は、彼女がまだ生きているような、今にもこの聖堂のいずこからか、あの端正な容姿を現すような錯覚をもたらしたからだ。

しかし、声の主は紛れもなく祭壇の前の棺に横たわっていた。その形の良い唇にはルージュが施され、さながら生きているかのようだったが、ピクリとも動かなかった。顔は痩せ細って白ロウのように白かったが、眉は明らかに筆で描かれていた。ネステレンコの言葉が思い出された。

「抗癌剤で、髪も眉毛も抜け落ちているはずですよ。生前の面影は全くないでしょう。

だから見ない方が……」

しかし髪はギリシャ神話のアフロディテのように豊かに顔を隈取り肩に流れている。またしてもネステレンコの言ったことが思い出された。

「もっとも、そのまま人の目に触れさせることはないでしょうから、それなりのメイクを施されているでしょうが……。髪も、抜けたままではないでしょう」

そう言われて見れば、もう少し禿でていたはずの額の半ばを覆っているブラウンの勝ったブロンドの髪は、余りに手入れが行き届いて光沢を放ち、死の淵をさまよった闘病者のものとしては幾らか不自然に思われた。一瞥しただけではそれとは気付かないが、かつらに相違なかった。

激しい衝動が佐川を襲った。上体を思い切り屈めると、彼は手を棺の中にさし入れ、死者の頬に触れた。冷たく固い粘土のような感触が指先《ゆびさき》に伝わった。彼はそのまま指を項に這わせ、豊かな、しかし贋物《にせもの》の髪をまさぐった。

「ニェット　ニエ　ナーダ（ご遠慮ください）」

耳もとに甲《かん》高い女の声が響き、佐川の肩に手がかかった。

振り向いた佐川の目を、訝し気なアンナ・パヴロヴナの目がのぞき込んでいた。並ぶ恰好で会葬者に会釈していたタチアーナの身内の男女も佐川を訝り見ていた。

「スミマセン」

佐川はアンナに、次いで親族たちに頭を下げた。

「ザンネンデス。ワタシノコツズイヲ、タチアーナサンニツカッテイタダキタカッタノデスガ……」

アンナ・パヴロヴナが目を丸くして、傍らの遺族に早口で話しかけた。マリインスキー劇場の楽屋に乗り込んだ男と、イズベスチア紙のデスク、ピョートル・ネステレンコから聞いたドナーを申し出た男が彼女の中で今やっと符合したのだと佐川は悟った。

造作の酷似からタチアーナの父親と知れる初老の男が佐川に歩み寄り、たった今死者の頬と髪に触れたその手を捉え、握りしめた。

「ムスメノコトヲ、ソコマデオモッテクダサッテ、ウレシイデス。カミノシュクフクが、アナタニアリマスヨウニ」

アンナと遺族の面面がこもごもに頷いた。

佐川の目に涙が溢れ出た。何か言葉を返そうとしたが、喉もとにこみ上げた熱い塊に塞《せ》き止められた。

翌日、佐川は朝遅く目覚めた。白夜の季節は疾うに終わっていたが、それでもサンクトペテルブルグの夜明けは早い。しかし佐川はとりとめもない夢を幾つも見ていて、カーテンを半開きにしたまま眠りに就いたにも拘《かか》わらず、夜明けは知らずじまいだった。睡眠時間に不足はないはずだったが、目覚めた瞬間、全身に気だるさが満ちているのを感じた。頭も重くどーんと淀み、次に何をすべきか、したいのか、分からない。時計を見た。午前九時を回りかけている。

佐川はのろのろと上半身を起こし、ベッドに腰掛けて窓に目を遣った。カーテンの隙間に、半球状のドームを頂いた聖堂が〝バベルの塔〟のようにそびえ立って視野の大半を占めた。佐川は一瞬、それは〝血の上の救世主教会〟であると思ったが、そうではなく、〝イサク大聖堂〟であると思い至った時、自分が今どこにいるのか思い出した。以前にしばらく逗留したバルティック・ホテルにいること、そこには、昨日の朝早くネステレンコの車に便乗してモスクワを発ち、五時間後に到着したこと、チェックインもそこそこに、ネステレンコの車で〝血の上の救世主教会〟に赴いたこと、そうして、タチアーナ・ドリンスカヤの会葬に参列したこと等々がぼんやりと思い出された。

一時間近くかけて身支度を整えると、佐川はレストランに降り、朝食を摂った。まばらな客もほとんど食事を終えかけている。

味気ない朝食だった。ヴァイキングスタイルだから好きなものを選んだはずだが、ジュースとコーヒー、それにジャム以外は美味と感ぜず、ただ機械的に喉に押しやっているだけだった。

（ああタチアーナ！　ここに君がいてくれたらどんなに幸せだろうに！）

残った僅かな客の中に額を突き合わせんばかりに談笑しているカップルを認めた時、佐川は悲痛な呟きを落とした。

「モウ、ジカンデスノデ……」

ウェートレスの声にハッと我に返った佐川は、見渡す限り客は自分だけであることに気付いた。

のろのろと腰を上げると、佐川はロビーに出てイズベスチア紙を拾い、ソファに腰を落とした。

二段抜きでタチアーナの死亡と会葬の模様が書かれてある紙面を見出した。タチアーナの写真が小さく載っている。口もとがかすかに微笑んでいるように見える。

ポケット版の「露和辞典」は部屋に置いてきたから記事の内容はほとんどつかめない。一〇〇〇という数字以外は。それは恐らく当日の会葬者の数だろう。記事はネステレンコが書いたものに相違ない。

前日、会葬者の列に加わって一時間ほどしたところで、どこからともなく現れたネステレンコに肩を叩かれた。

「僕はこれで帰ります。モスクワに来たら、また寄って下さい」

行きの車中で、自分は今夜ペテルブルグに泊まるとネステレンコに告げてあった。

佐川は差し出された彼の手を強く握りしめた。ネステレンコも強く握り返し、唇を引き締めて顎をしゃくった。

「あ……」

佐川の手を放したところでネステレンコは小さく声を放った。

「日本に行くことがあったら連絡しますよ」

佐川は無言で顎を落とした。喉もとにこみ上げていた熱いものに声帯を塞がれていた。

「これでね」

ポシェットから携帯電話を取り出して顔の前にかざして見せた。佐川はやはり無言でコクコクと頷いた。

半時後、佐川はロビーから玄関を抜けて外に出た。あてどもない散策のつもりだったが、いつしか足は〝血の上の救世主教会〟に向いていた。

イサク聖堂の前のネフスキー大通りがグリボエードフ運河とクロスするところで左に折れ、運河沿いに半キロ歩いたところで教会にたどり着いた。

前日の葬儀の名残は何もなかった。黒いスーツの代わりに、色とりどりの装いを凝らした観光客が出入りしている。

佐川は虚ろな目で彼らを見るともなく流し見ながら聖堂の奥に進んだ。タチアーナ・ドリンスカヤの清らかな肉体が横たわっていた場所だ。死者の冷たく固い頬の感触と、対照的に柔らかな髪のそれが蘇った。

不意に周囲のざわめきが聴こえなくなった。視界から人々の姿も消えた。

この世にひとり取り残され、行き場を失ったエヘエジュルスの哀しみが胸を浸して来た。嗚咽がこみ上げ、目が涙で霞みかけた。足もとから力が抜けた。頼り無い感覚に抗し切れず、佐川は膝を屈して床にしゃがみ込んだ。刹那、割れ鐘のような声が頭上に響いた。

「哀れな子羊よ、お前はそこで何をしているのだ？」

佐川は思わず顔を上げ、目を瞬いた。曇りが払われたその目を、天井のフレスコ画から抜け出たイエス・キリストがヒタと見すえていた。

「エロイ、エロイ、ラマ、サバクタニ！」

佐川は唇をわななかせながら叫んだ。

「かの日には最愛の娘を、そして、今また、最愛の女性を、何故私から奪っていかれたのです！」

かつては信じていた者への限りない怒りと、一方で、狂おしいまでの慕わしさが、胸を突き上げ、かき乱した。怒濤のようなそのうねりに耐えかねて、佐川はイエスを見返したまま、激しい慟哭に身を震わせた。

完

〈著者紹介〉
大鐘　稔彦（おおがね なるひこ）
1943年愛知県生まれ。
1968年京都大学医学部卒。母校の関連病院を経て
1977年上京、民間病院の外科部長、院長を歴任。その間に
「日本の医療を良くする会」を起会、関東で初のホスピス病棟を
備えた病院を創設、手術の公開など先駆的医療を行う。
「エホバの証人」の無輸血手術68件を含め約六千件の手術経験を経て、
1999年、30年執ってきたメスを置き南あわじ市の公的診療所に着任、
地域医療に従事して今日にいたる。
医学専門書の他に、エッセイ、小説を手がけ、アウトサイダーの外科医を
主人公とした『孤高のメス』（全13巻）は173万部のミリオンセラーとなり、
2010年映画化され、2019年にはテレビ（wowow）ドラマ化された。
近著に『安楽死か、尊厳死か』（ディスカヴァー携書）
『緋色のメス―完結篇』（幻冬舎文庫）など。
日本文藝家協会会員、短歌結社「短歌人」同人。

エロイ、エロイ、ラマ、サバクタニ

定価（本体1400円+税）

乱丁・落丁はお取り替えします。

2020年 5月12日 初版第1刷印刷
2020年 5月18日 初版第1刷発行
著　者　大鐘稔彦
発行者　百瀬精一
発行所　鳥影社 (www.choeisha.com)
〒160-0023 東京都新宿区西新宿3-5-12トーカン新宿7F
電話 03-5948-6470　fax 03-5948-6471
〒392-0012 長野県諏訪市四賀229-1（本社・編集室）
電話 0266-53-2903　fax 0266-58-6771
印刷・製本　モリモト印刷

ISBN978-4-86265-807-4 C0093